ASTRAGON

L'ERA DEL DRAGO

Romanzo

MIRKO CIMINIELLO

ASTRAGON

L'ERA DEL DRAGO

A nonno Domenico e nonna Lina

PROLOGO

Era una notte di tenebre e di tempesta quella che nascondeva la loro fuga. Coperti dall'oscurità più fitta, avvolti nei loro pesanti mantelli, i visi celati da un cappuccio, un uomo e un ragazzino correvano sotto la pioggia che scrosciava incessante, confondendo lo scalpiccio dei loro passi fra il fragore del tuono e l'ululato del vento.

Mancava poco ormai: la loro meta era sempre più vicina, e sempre più devastante l'angoscia di poter essere scoperti. Per un istante, il ragazzino si fermò e si girò a guardare un'ultima volta il mondo che stava lasciando, la sua casa, i suoi giochi, gli altri ragazzi che immaginava tranquilli nelle loro stanze, nel caldo dei propri letti, mentre le madri rimboccavano loro le coperte e stampavano un ultimo bacio sulle loro guance tonde e rubizze.

Sospirò. Poi si sentì posare dolcemente una mano sulla spalla destra e si voltò verso il suo compagno di fuga, che aveva gli angoli della bocca leggermente alzati in un sorriso denso di malinconia. Il ragazzino annuì, e riprese a camminare al suo fianco.

Il tragitto fu abbastanza breve: dopo pochi minuti, infatti, i due fuggiaschi scorsero delle luci in lontananza, e subito arrestarono la propria marcia. Il piccolo si appiattì contro un muretto chiudendo gli occhi e trattenendo perfino il respiro per la paura, mentre l'uomo fece qualche altro passo nel fango, raggiunse un folto gruppo di cespugli, si chinò ed iniziò a scrutare attentamente attraverso le fronde smeraldine sferzate dal vento e dalla pioggia.

- È lui - annunciò poi voltandosi con un gran sorriso verso il ragazzino.

Il piccolo annuì e, abbandonando la sua circospezione, fece qualche passo in direzione dell'uomo, che intanto si era rimesso in piedi e stava scostando leggermente i cespugli per permettere al suo giovane compagno di imboccare una sorta di sentiero naturale che attraversava un boschetto, e che li avrebbe condotti nella radura sottostante.

La luce diventava sempre più forte man mano che scendevano, e al picchettare della pioggia sulle foglie si andava ora aggiungendo un altro lieve rumore, come un lontano ronzio.

Fu solo all'inizio della radura che il ragazzino riuscì a distinguere - benché in modo confuso a causa della bufera e del bagliore delle luci - i contorni dell'astronave che lo stava attendendo.

L'uomo gli fece un cenno, e subito i due fuggiaschi iniziarono a correre a perdifiato verso la navicella, sfidando il fango ed il vento contrario. L'astronave aveva la scaletta abbassata, e all'improvviso il ragazzino vide il pilota sporgersi dalla cabina e gridare al suo compagno di fuga:

- Presto! Sbrigatevi! -

L'uomo annuì, si chinò verso il ragazzino e gli sussurrò:

- Ascoltami... forse non capirai subito ma... è necessario che tu parta ora... andrai con lui... ti porterà al sicuro... sarai al sicuro ora... ti proteggerà lui... -

Il piccolo annuì, cercando di non far trasparire la propria commozione. L'uomo lo abbracciò forte prima di dirgli:

- Va' ora... -

Il ragazzino annuì di nuovo, ed iniziò a salire gli otto gradini che lo avrebbero portato a bordo dell'astronave. Ma, all'improvviso, l'oscuro velo del silenzio venne squarciato da un grido di donna:

- Aspettate! -

Il piccolo si fermò a metà della scaletta. L'uomo si voltò in direzione della voce mentre il pilota si limitò ad abbassare gli occhi sul cruscotto.

La donna era ferma al limitare della radura, ansante, con i capelli scarmigliati dal vento e dalla pioggia ed il vestito completamente infangato, ma i suoi occhi ardevano ancora, intrisi di fierezza e di dignità regale: poi prese a correre verso la navicella, passò accanto all'uomo senza neppure guardarlo, e non si fermò che di fronte al ragazzino.

- Mamma! - gridò il piccolo tendendo le braccia verso di lei.

- Sono qui... - rispose la donna abbracciandolo e coprendolo di baci, - sono qui, angelo mio, sono qui... -

L'uomo le si avvicinò e le pose dolcemente una mano sulla spalla.

- Perché sei venuta? - le chiese.

- Scusami... perdonami ma io... non ce l'ho fatta... non ce l'ho fatta a lasciarlo partire così... senza... un ultimo saluto... -

L'uomo annuì sospirando. Poi alzò gli occhi a incontrare quelli del pilota, e capì che il tempo che avevano a disposizione stava per terminare.

- Deve andare adesso... - sussurrò alla donna.

Lei annuì freneticamente e stampò un ultimo bacio sulla guancia del suo bambino. Lui la abbracciò forte e le sussurrò:

- Non piangere, mamma... devi essere forte... non preoccuparti per me... starò bene, vedrai... -

La donna annuì senza dire nulla, poi fece un passo indietro per permettere al figlio di salire gli ultimi gradini. L'uomo le pose un braccio attorno al collo e la strinse dolcemente a sé mentre le lacrime sul suo volto delicato si confondevano con il pianto del cielo.

Rimasero immobili a guardare un'ultima volta il ragazzino che li salutava affacciato ad un oblò, mentre già l'astronave si staccava dal suolo e cominciava a salire verso l'atmosfera.

I.

- Rileggimelo ancora -.

- Sarebbe la quarta volta... -

- Ma davvero? Pensa che avrei detto la quinta... -

- Devo rivelarti una cosa: questa "occupazione" deprime la mia naturale esuberanza e ferisce il mio amor proprio -.

- Davvero scioccante... -

- Non potresti assumere un lettore? -

- Vedi, Doyner, se il Capo dei Servizi Segreti si presenta all'improvviso con in mano un dispaccio criptato, il buon senso prevede di non metterne a parte terze persone... del resto, io stesso ci tengo a che le comunicazioni segrete restino tali... -

- Potrei ricordarti che esistono i registratori? -

- Anche i pappagalli, se è per questo... -

- Allora... ricominciamo? -

Faidon fece un gesto con la mano al suo migliore amico, che si schiarì la voce e prese a rileggere le prime righe del dispaccio con lo stesso tono con cui si declamano dei versi di Shakespeare: ormai però l'Imperatore aveva quasi fatto l'abitudine alle velleità teatrali di Doyner, perciò non si scompose più di tanto.

- Emergenza Val Frosten! L'ex ufficiale dell'esercito di Astragon e ora noto killer, meglio conosciuto come *La Lama del Diavolo*, già condannato a morte per duplice omicidio e - consentimi di sottolinearlo - da te graziato all'inizio del tuo Impero, ha improvvisamente lasciato la sua... pensione... a quanto pare in seguito all'incontro con un misterioso uomo incappucciato che non si è stati in grado di identificare, ma che si ritiene possa essere un emissario di Tares Ybil e/o dell'uomo senza volto. Si sospetta che Frosten abbia deciso di riprendere la sua attività, ed è probabile che il suo obiettivo sia tu, amico mio... proprio l'uomo che gli salvò la vita nove anni fa -.

Doyner appoggiò il dispaccio sulla scrivania, e si esibì nell'usuale faccia da schiaffi che riservava ai suoi interlocutori quando si accorgeva che questi non avevano più argomentazioni valide da opporgli. Faidon si passò una mano sugli occhi.

- Avanti, dillo... - fece poi l'Imperatore.

- Che cosa? -

- Che ti dispiace dirlo, ma me l'avevi detto. Avanti, su: lo so che stai morendo dalla voglia di... -

- Veramente, io mi aspettavo un accenno di replica, un pallido tentativo di giustificarti... -

- Significa forse che ho delle giustificazioni? -

- No, non ne hai -.

- Doyner... -

- In effetti, l'unica cosa che dovresti dire è: "Oh misericordia! Avevi ragione tu!" -.

Faidon ridacchiò e scosse la lievemente la testa mentre il Capo dell'ASSE gli voltava le spalle e si dirigeva impettito verso la porta. Poi Doyner si sentì richiamare.

- Sì? - fece in tono compiaciuto.

- Lo vuoi un consiglio da amico? -

- Perché no? -

- Dovresti far sparire quel sorrisino dalla tua faccia, altrimenti potrei anche degradarti ad annone... -

- Non so quanto ti converrebbe... perché vedi, se per caso dovessi scorgere una bella ragazza, magari poco vestita, il mio alto senso del dovere mi imporrebbe di abbandonare la piazzola per andarla a multare e, se per caso lei non avesse con sé il denaro, bisognerebbe trovare un modo alternativo per permetterle di pagare la contravvenzione... -

- Ma smettila, buffone... E comincia a preparare le valigie, piuttosto, ché Jordan ci sta già aspettando sulla Terra... -

Doyner fece un ampio inchino, si abbassò sugli occhi il cappello scuro a tesa larga che ormai era diventato quasi un prolungamento del suo corpo ed uscì dalla stanza. Non fece caso al sospiro di malinconia che era sfuggito a Faidon quando il suo sguardo si era posato, quasi inconsciamente, sopra alla fotografia tridimensionale incorniciata sulla sua scrivania, la cui immagine era custodita, molto più profondamente, dentro al suo cuore.

II.

Da molti giorni ormai non c'era spazio per la luce nel cielo tormentato di Vainomed. Le nuvole nere come la pece che sovrastavano la reggia di Tares Ybil sembravano il riflesso del cuore del *Signore della luna oscura*.

Da più di dieci anni il nemico numero uno di Astragon progettava la sua vendetta, fremendo di impazienza ogni notte al pensiero che un altro giorno era passato senza che il trono di Faidon non solo non avesse ceduto, ma neppure scricchiolasse. A volte si chiedeva quanto tempo avesse trascorso lasciandosi consumare dalla rabbia, aspettando un messaggio, un'oll-dira, un qualsiasi segno di vita da quello che era stato il suo alleato principe nella lotta contro l'Impero di Astragon.

Poi, finalmente, proprio quando stava iniziando a perdere ogni speranza, l'Uomo Senza Volto era ricomparso, e una fiamma feroce era tornata a bruciare in fondo agli occhi serpenteschi, piatti e stretti, del *Signore della luna oscura*. A poco a poco, Tares Ybil aveva cominciato a ricostruire in gran segreto il suo esercito perché, anche se l'Uomo Senza Volto gli aveva esposto un piano sottile ed estremamente arguto, lui seguitava a contare molto di più sulla forza che sull'astuzia.

Era lui, adesso, il suo grande complice, che stava proiettando la propria immagine all'interno della colonna olografica della sala delle comunicazioni della reggia di Vainomed.

- Maestro... - esordì il *Signore della luna oscura*, - che piacere riveder... -

- Il Principe Ereditario non è più a Palazzo! -

Per un attimo, Tares Ybil credette di essere stato colpito da un macigno in piena testa.

- Co...come?! -

- Hai capito benissimo, Maestà: Lorin Rayos dei Garidi, figlio dell'Imperatore Faidon e di Mailynn, nonché Delfino di Astragon, è improvvisamente scomparso dalla Reggia, e a quanto pare nessuno sa più dove si trovi! -

Tares Ybil ebbe bisogno di qualche istante per riordinare le idee. Sapeva bene quali difficoltà avrebbe comportato la ricerca del Principe: Faidon, infatti, preoccupato delle tensioni e dei continui disordini all'interno dell'Impero, per poter assicurare a suo figlio una protezione impenetrabile, a suo tempo aveva saggiamente deciso di far crescere il piccolo in una sorta di prigione dorata, escludendolo dalla vita pubblica e da qualsiasi cerimonia ufficiale, ed inoltre aveva vietato la diffusione dell'immagine di Lorin, il che significava che quasi nessuno conosceva il volto del Principe Ereditario, e quei pochi erano certo fedelissimi dell'Imperatore, disposti a dare la vita piuttosto che tradirlo...

Tares Ybil si ricompose subito: aveva deciso di ostentare una caparbia e insofferente indifferenza nei confronti dell'Uomo Senza Volto, e non aveva alcuna intenzione di rinunciare alla sua maschera di imperturbabilità.

- Presumo - si limitò a dire, - che questo... inconveniente... rallenterà la nostra tabella di marcia... -

- Una volta tanto presumi bene, Maestà... Il nostro successo dipende solo dalla possibilità di colpire *l'intera* Famiglia Imperiale, nessun membro escluso! Ed è evidente che in qualche modo deve averlo saputo anche l'Imperatore, o non avrebbe mai acconsentito a lasciar partire suo figlio... Perciò, per il momento, lasceremo da parte i nostri progetti, e ci concentreremo solo e unicamente sulla ricerca del bambino! -

Tares Ybil fissò il suo alleato con aria di sufficienza, quasi di compassione.

- Credevo - aggiunse sarcastico, - che rintracciare una persona che non possiede un volto comportasse delle difficoltà, Maestro... e tu dovresti saperlo bene... -

L'Uomo Senza Volto lasciò trascorrere qualche attimo di opprimente silenzio. Tares Ybil si morse le labbra. Era sicuro che, se il suo interlocutore avesse avuto un viso, lo avrebbe visto incupirsi.

- Questo - rispose infine il Maestro, - solo finché la persona da rintracciare non possiede un volto, Maestà... -

Per la seconda volta in pochi minuti, l'impassibilità di Tares Ybil vacillò seriamente. Il *Signore della luna oscura* sgranò gli occhi di fronte alla rivelazione del suo alleato che - lo percepiva in maniera fin troppo nitida - era chiaramente compiaciuto di essere riuscito, una volta di più, a ridurlo al silenzio: un silenzio carico di meraviglia, in cui Tares Ybil non riusciva a fare a meno di domandarsi in che modo, in quale oscura e misteriosa maniera l'Uomo Senza Volto potesse essere a conoscenza di uno dei segreti meglio custoditi dell'Impero!

Il *Signore della luna oscura* non riuscì a replicare nulla.

- Bisognerà avvertire il nostro uomo... - disse ingenuamente.

- Il nostro uomo sa già tutto, mia poco avveduta Maestà, e posso assicurarti che ha già preso le contromisure adeguate... Perciò torna pure a giocare con i tuoi soldatini... e chissà che un giorno il braccio non debba dare manforte alla mente... -

L'Uomo Senza Volto interruppe la comunicazione proprio mentre Tares Ybil, furente come un vulcano la cui lava non trova sbocchi, si scagliava verbalmente contro di lui, e fisicamente contro la colonna olografica che trasmetteva la sua immagine.

- Soldatini?! - ruggì. - Chi è che mi ha fatto perdere l'esercito undici anni fa?! Chi è che se ne è rimasto nascosto mentre io dovevo sopportare le guardie di

Astragon sul *mio* territorio?! È solo da quattro anni che ho potuto ricominciare a reclutare e ad addestrare i miei nuovi coscritti, e tu... -

Solo in quel momento il *Signore della luna oscura* si accorse dell'inutilità di quella sua passionale arringa. Contenendo a stento il suo furore, si volse verso l'unica altra persona presente nella sala delle comunicazioni, il suo fidato capo-tecnico Crayben, e gridò:

- Ti conviene che questo episodio resti confinato entro questa stanza, perché se dovessi scorgere anche un solo sguardo di commiserazione nei miei confronti, dimezzerò tutti gli arti del tuo flaccido corpo! Sono stato chiaro? -

Crayben annuì abbassando gli occhi. Si inginocchiò rispettosamente mentre Tares Ybil lo oltrepassava rapido e furibondo, dirigendosi verso le oscure segrete del suo palazzo.

III.

Il lieve vento caldo della sera era l'ultimo sussulto di un'estate che stava già cedendo il passo all'autunno, portando via con sé le allegre risate e i giochi spensierati delle vacanze.

Kyril non riuscì a nascondere un velo di sottile malinconia al pensiero che lo svago ed il divertimento appartenevano già al passato, e che entro poche ore avrebbe dovuto affrontare il primo giorno del nuovo anno scolastico.

Lui era arrivato già da una settimana su Uniland, il "Pianeta della Scuola", in modo da poter sistemare i suoi effetti e cominciare ad organizzare le sue giornate: era un anno importante per lui che nella precedente primavera aveva compiuto undici anni, l'anno del passaggio dalla prima alla seconda delle tre grandi città scolastiche di Uniland, dalla Città dell'Infanzia (l'Inn-Lith) a quella delle Medie (l'Hurn-Lith), attraversando il ponte sul fiume Tiber.

Questo, tra l'altro, avrebbe comportato una piacevole novità: sarebbe infatti toccata a Kyril e ai suoi amici l'accoglienza dei nuovi alunni che avrebbero iniziato a frequentare Uniland quell'anno, studenti di ogni forma, razza e colore, provenienti dalle più sperdute regioni dell'universo. Kyril era molto eccitato all'idea di poter stringere nuove amicizie, ma a renderlo di buon umore era soprattutto il pensiero che, per loro, l'inizio delle lezioni sarebbe slittato di un paio di giorni, in modo da permettere ai nuovi arrivati di ambientarsi in quella che sarebbe stata la loro casa per i successivi due quadrimestri.

Il ragazzo passò tutta la serata e gran parte della notte a chiacchierare col suo migliore amico, e compagno di stanza, Dwight Jorkey, un suo coetaneo, da tutti considerato un po' il suo alter ego: entrambi erano piuttosto alti e robusti, ed entrambi avevano i capelli castani, anche se più chiari e più lunghi Kyril, più scuri Dwight che aveva l'aspetto tipico di un ragazzo latino. Ma, soprattutto, i due erano assolutamente identici per modo di agire e di comportarsi, cosa che in passato aveva esasperato più di un professore e garantito loro una buona dose di punizioni, che a quanto pare però non erano affatto servite a spegnere la loro continua voglia di ribellione e divertimento, né ad accrescere almeno un po' il loro scarso entusiasmo per lo studio.

Quella notte, neppure dopo aver spento le luci i due "ragazzi terribili" della scuola riuscirono a prendere sonno: la sveglia, coincidente col sorgere di S77, li sorprese mentre ancora si stavano rigirando sotto le coperte ma, nonostante la stanchezza, entrambi balzarono subito in piedi, si lavarono e si vestirono in tutta fretta, e poi corsero giù per le scale fino a raggiungere la sala-mensa al piano terra. Dopo un'abbondante colazione, tutto il primo anno uscì all'aperto per dare il benvenuto ai nuovi compagni, appena arrivati con una navetta spaziale dal centro di prima accoglienza del pianeta.

Era difficile immaginare un gruppo di ragazzi più variegato ed eterogeneo: giovani con tre occhi o quattro braccia, alcuni di aspetto vagamente animalesco, con mani e piedi palmati, gonfie labbra verdognole ed esili creste da tritoncini, oppure con grandi denti sporgenti e una corta proboscide, altri alti e filiformi, capaci - entro certi limiti - di allungare o restringere le braccia e le gambe, e ancora adolescenti dalla pelle verde chiara in grado di ricavare il cibo di cui necessitavano attraverso la fotosintesi clorofilliana... In quel variopinto cocktail intergalattico, stupiva quasi di più scorgere dei ragazzi dalle fattezze umane.

Dwight osservava incuriosito e piuttosto divertito i suoi nuovi compagni di studio. In particolare, era rimasto colpito da un giovane dai piatti occhi giallastri, dotato di una lunga coda serpentina. Dwight si voltò verso Kyril con la battuta già pronta, ma la soffocò immediatamente quando si accorse che il suo migliore amico sembrava scrutare, con sguardo pensieroso - o forse preoccupato -, qualcuno dei nuovi venuti.

- C'è qualcosa che non va? - domandò.

- No, niente - replicò in fretta Kyril.

Ma era evidente che mentiva. Per sua fortuna, però, in quel momento intervenne il beja, Anton Fabel, che aveva ricevuto il compito di aiutare gli insegnanti a scortare gli studenti nella Den Halle, l'Aula Magna, dove già si trovava, per tenere il discorso di inizio anno, il Preside Diamond Giffed, un anziano non molto alto, dai modi affabili e cortesi, dotato di un sorriso così dolce da far subito sentire a proprio agio anche l'alunno più timido ed impacciato. I corti capelli argentei incorniciavano un viso dai tratti nobili e gentili, sul quale scintillavano i piccoli occhi azzurri come spicchi di limpido cielo.

Approfittando della confusione e del fatto che già sapevano la strada, Kyril e Dwight, ansiosi di cominciare a fare nuove conoscenze e stringere nuove amicizie, si staccarono presto dal proprio gruppo ed attesero quello dei nuovi arrivati. Forse per affinità o forse solo per caso, iniziarono da alcuni dei ragazzi dall'aspetto umano:

- Come ti chiami? - chiese Dwight a un giovane dai capelli rossi e dal volto ancora da bambino.

- Hyles - rispose, - Hyles Reed -.

- Piacere di conoscerti! Io mi chiamo Dwight Jorkey -.

- Tu come ti chiami? - domandava intanto Kyril a un ragazzetto dai grandi occhi azzurri e dai capelli biondi arruffati e spettinati, più basso e apparentemente molto più piccolo di lui.

- Rigel... Rigel Barden -.

- Molto piacere! Io sono Kyril. Kyril Knight -.

- Il figlio di Doyner Knight! -, esclamò all'improvviso una ragazzina dai lunghi capelli castani e dai grandi occhi verdi portando una mano alla bocca per nascondere lo stupore. - Il figlio del Ministro degli Esteri di Astragon! -

Kyril annuì imbarazzato: per quanto si sentisse orgoglioso del fatto che suo padre fosse uno degli uomini più famosi e potenti dell'Impero, vantarsene non gli era mai piaciuto, non foss'altro perché gli sembrava di usurparne i meriti e la gloria.

- Tanto piacere! - esclamò ancora la ragazza. - Il mio nome è Stella, Stella Seaborne -.

- È da tanto che studiate qui? - domandò Hyles.

- Cinque lunghi anni... - rispose Dwight in un sospiro.

- E come sono i masi? -

- E gli astra? -

- Si studia davvero così tanto? -

I giovani continuarono a discorrere tra loro finché, quasi senza rendersene conto, si trovarono davanti all'ingresso della Den Halle. Abbassarono il tono di voce mentre percorrevano l'ultimo tratto di corridoio, e cessarono ogni conversazione quando giunsero sulle soglie dell'aula più grande dell'intera Hurn-Lith. Avanzarono in rigoroso silenzio, e presero posto nelle prime file, le uniche lasciate libere, praticamente di fronte al Preside Giffed.

L'anziano professore pronunciò un asciutto discorso di inizio anno, intervallato di quando in quando da alcune simpatiche battute che per la maggior parte riguardavano la sua veneranda età. Ma, alla fine, il suo tono si fece molto più serio:

- Vorrei potervi garantire un anno di pace e di tranquillità, un anno in cui possiate crescere nel corpo, nella mente e nello spirito... ma non posso assicurarvelo.

Tutti voi, immagino, avrete sentito le preoccupanti voci su possibili disordini all'interno dell'Impero... ebbene, il Ministero degli Esteri - (molti scoccarono occhiate nervose a Kyril) - non ci ha inviato notizie rassicuranti... e sebbene Uniland sia da sempre un territorio neutrale, non possiamo prevedere dove la malvagità e la brama di potere potrebbero condurre i nemici di Astragon...

Ma lasciate che la speranza continui a volare nei vostri cuori, perché la gioia si trova più spesso nei piccoli gesti di ogni giorno... come una brezza delicata che ci accarezza senza che quasi noi ce ne accorgiamo, se non per quel lieve brivido capace di scaldarci l'anima... -

Dwight si accorse che, mentre pronunciava le ultime parole, il Preside aveva lanciato uno sguardo intenso nella sua direzione, o forse appena più indietro... magari nella fila precedente... Il ragazzo non resistette alla tentazione di voltarsi: proprio alle sue spalle, accanto a un Rigel apparentemente impassibile, gli risposero gli occhi attoniti di un preoccupatissimo Hyles.

IV.

L'oll-dira era stata appena inoltrata quando Faidon si voltò di nuovo verso il suo Consigliere Supremo. Sospirò. Cercò il suo sguardo.

- Sei davvero sicuro? - chiese ancora una volta.

Hyrvik annuì gravemente. L'Imperatore abbassò gli occhi. Sospirò di nuovo. Scosse impercettibilmente il capo. Poi, improvvisamente, una voce assonnata alle sue spalle lo fece riscuotere:

- Ciao, Faidon... -

L'Imperatore si voltò verso il lettore olografico portatile, che era posizionato a quarantacinque gradi rispetto a dove si trovava lui. Da quella posizione era praticamente impossibile che un interlocutore virtuale potesse visualizzarlo. In più, osservandolo attentamente, Faidon si accorse che Doyner si stava stropicciando gli occhi, forse ancora in preda ai fumi dell'alcool, sicuramente non ancora ripresosi da una nottata che doveva essere stata molto intensa.

- Come hai fatto a riconoscermi? - domandò l'Imperatore.

- Chi altri oserebbe tirarmi giù dal letto nel cuore della notte...? -

- Viviamo ancora nella stessa città? -

- Non ho ancora cambiato fuso orario, se è questo che intendi... - ridacchiò il Capo dell'ASSE, conscio del fatto che in realtà era mattino inoltrato.

Faidon diede un'occhiata più attenta all'interno del lettore, e si accorse che la posizione del ricevitore di Doyner permetteva di scorgere, sullo sfondo, il letto del Capo dell'ASSE, nel quale ancora si contorcevano due splendide fanciulle, una deliziosa, minuta brunetta ed una vamp dai capelli rosso fuoco.

L'Imperatore sorrise sotto i baffi.

- Cominci ad invecchiare... - disse per provocare l'amico.

Lì per lì Doyner non capì cosa intendesse Faidon ma, dopo che si fu voltato ed ebbe inquadrato la scena, si rivolse all'Imperatore con un gran sorriso e replicò in tono malizioso:

- Non sottovalutarmi... -

All'improvviso, da sotto le lenzuola azzurrine cominciò a spuntare lentamente la testa di una terza ragazza dai corti capelli castani, e subito dopo apparve nell'inquadratura una formosa bionda in abiti discinti che portava un vassoio d'argento sul quale erano adagiate alcune tazze di tè fumante. Doyner, sempre con un gran sorriso stampato sul volto, ne prese una, poi si volse verso il computer, la alzò lievemente, come per brindare, ed iniziò a sorseggiare con gusto la dolce bevanda ambrata, con un occhio al monitor ed uno - assai più attento - al vistoso décolleté della sua improvvisata cameriera.

In quel momento Hyrvik tossicchiò leggermente, un po' per far notare al Capo dell'ASSE la propria presenza e un po' per invitarlo ad assumere un contegno un po' più dignitoso. Naturalmente, Doyner non lo degnò di uno sguardo. Il fatto che il suo migliore amico ignorasse palesemente il Consigliere Supremo costrinse Faidon a soffocare una risatina, ma il fatto che fossero entrambi alte cariche dello Stato indusse l'Imperatore a richiamare all'ordine il Capo dell'ASSE:

- Doyner, per favore… -

- Un momento, prego! Il tè va assaporato e degustato con molta calma… Ci sarà tempo più tardi per gli affari di quel vecchio mastero… -

Stavolta Faidon dovette compiere uno sforzo notevole per non scoppiare a ridere in faccia al "vecchio mastero". Quando però incontrò lo sguardo torvo di Hyrvik e gli sovvenne il motivo per cui aveva inoltrato l'oll-dira, cercò di assumere un tono più serio, per quanto fosse difficile restare seri di fronte a un personaggio come Doyner.

- Non si tratta degli affari di Hyrvik… -

- Hyrvik! - esclamò il Capo dell'ASSE volgendosi verso la bionda. - Hai sentito, cara? Quel gufo impagliato ha un nome! -

La ragazza scoppiò a ridere e Faidon, gettando una rapida e fugace occhiata al Consigliere Supremo, capì che questi stava veramente per perdere la pazienza.

- Doyner - disse l'Imperatore, - dal momento che dobbiamo parlare di una questione piuttosto seria, potresti gentilmente far sparire le tue... amiche dalla tua vita o almeno dall'inquadratura per una decina di minuti? -

- D'accordo... vorrà dire che questo mese arricchirò la mia busta paga col denaro che perderò in questa... decina di minuti -.

Detto questo, fece un cenno alla ragazza, che si ritirò verso la stanza di Doyner - non senza prima aver ricevuto dal Capo dell'ASSE una sonora pacca sui glutei - richiudendo la porta alle proprie spalle.

- Possiamo parlare, adesso - fece Doyner, - la mia camera è insonorizzata -.

Faidon scambiò con Hyrvik un cenno d'intesa, poi domandò all'amico:

- Sai cosa sono i *Sette Sigilli dell'Apocalisse*? -

Il Capo dell'ASSE lanciò una fugace occhiata ad Hyrvik, poi scrollò le spalle.

- Un mitico pegno di sottomissione - rispose asciutto, dando ad intendere che per lui la questione era chiusa.

Non lo era però per Faidon, che incrociò le braccia scoccando all'amico uno sguardo impaziente, come per invitarlo a proseguire. Doyner allora inspirò profondamente ed iniziò a declamare:

- Bisogna ritornare ai tempi del Grande Tradimento, quando l'Imperatore Garid I il Grande si trovò ad affrontare sette popoli che gli si erano ribellati.

Si racconta che l'esercito che Astragon aveva inviato al comando dell'anziano sovrano subì un agguato, e fu sul punto di capitolare. Ma all'improvviso, proprio quando la situazione era apparsa disperata, Garid il Grande brandì la cosiddetta *Spada di Luce*, un'arma dalla forza devastante, che moltiplicò il vigore delle braccia dell'Imperatore ed annientò i suoi nemici esplodendo contro di essi dei raggi dorati di incommensurabile potenza.

Sconfitti, prostrati e ormai pronti al peggio, i sette popoli ribelli furono invece risparmiati dall'Imperatore, che però pretese da loro un pegno che suggellasse la pace. Nacquero così i *Sette Sigilli dell'Apocalisse*.

Forgiati nell'oro più puro e lucente, su cui era stata incastonata una gemma preziosissima, dotati di poteri misteriosi, impenetrabili e intellegibili, avevano tuttavia una valenza soprattutto simbolica. Tre di essi simboleggiano calamità fisiche: la malattia, la carestia, la guerra. Tre rappresentano mali spirituali: la discordia, l'odio, il terrore. L'ultimo è l'emblema della morte. Purtroppo, col passare dei secoli quattro di essi sono andati perduti.

Quando Garid il Grande suggellò la pace, nascose la *Spada di Luce* in un luogo segreto - noto a lui solo e che soltanto l'Imperatore avrebbe potuto conoscere - racchiudendola dentro sette forzieri che vennero sigillati, per l'appunto, mediante i *Sette Sigilli dell'Apocalisse*, e che solo per loro tramite potranno essere dischiusi.

Si dice che un giorno un Imperatore tornerà a richiedere i servigi di quell'arma leggendaria, e che essa rischiarerà la via di colui che porrà i *Sette Sigilli dell'Apocalisse* di fronte ad essa -.

Doyner sorrise, compiaciuto della propria esibizione. Faidon lo guardò perplesso e gli domandò:

- Quand'è che hai imparato a memoria la recita? -

- Stanotte, durante le pause -.

- Doyner... -

- Qual è il punto? -

- Il punto è che Hyrvik ritiene che io debba riunire i *Sette Sigilli dell'Apocalisse* -.

- Manda qualcuno di cui ti fidi ciecamente alla ricerca dei quattro che non sono più su Astragon -.

- Ma io non ho alcuna intenzione di riunirli! -

- Come, scusa? -

- Quei sigilli sono il simbolo di un potere assoluto che rifiuto fermamente e di un'indole tirannica che non mi appartiene! -

- Di cosa stiamo parlando, allora? -

- Tu sei d'accordo con Hyrvik -.

- Esatto -.

- Perché? Perché pensi che dovrei riunire quei sigilli? -

Doyner fece un cenno col capo a Hyrvik, che strizzò leggermente i suoi freddi occhietti, fissò profondamente l'Imperatore e concluse con la solita voce gelida:

- Perché anche Tares Ybil li sta cercando -.

V.

Gli ultimi raggi del sole del tramonto sollevavano un dolce e lieve tepore che si spandeva attraverso l'aria limpida e frizzante come una soave melodia, che sembrava schiudere le verdi colline in un sorriso sereno e luminoso.

Da quando era stata dichiarata "Patrimonio Universale dell'Umanità" - come del resto tutto il Sistema Solare - la Terra era diventata un'oasi di pace e di tranquillità, dove Natura e Storia si fondevano e si abbracciavano in un'armonia tenue e indissolubile.

Sdraiato sull'erba tenera e soffice, con gli occhi chiusi e la mente sgombra da qualsiasi pensiero, Jordan sembrava aver raggiunto la pace dei sensi e dello spirito. Sarebbe potuto restare ore intere immerso in quello sterminato silenzio e in quella quiete profonda, solamente a godersi il morbido calore che la Città Eterna gli dedicava.

Non si mosse, né aprì gli occhi neppure quando sentì lo scalpiccio di alcuni passi sull'erba, prima lontani, poi più vicini, sempre più vicini...

- Ma guardatelo! - esclamò una voce alle sue spalle. - Ecco a voi il Principe dei dormiglioni! -

- Buonasera anche a te, fratellone! -

Jordan si rialzò lentamente stropicciandosi gli occhi e ripulendosi i vestiti dai fili d'erba, e cercando al contempo di scorgere attraverso l'accecante bagliore le figure che avevano accompagnato l'Imperatore. Strinse forte Faidon mentre pian piano riconosceva i visi noti di Doyner, di Mailynn e del Comandante delle Guardie Phileas Parsell, un uomo alto e robusto, dal fisico possente e dalle poche parole.

- Alla fine hai portato anche lei - sussurrò il Principe.

- Aveva bisogno di distrarsi un po'... - bisbigliò Faidon in risposta.

Jordan annuì, poi si divincolò dall'abbraccio del fratello e, trovandosi di fronte Mailynn, si profuse in un caldo baciamano che fece arrossire l'Imperatrice. Poi il Principe diede il benvenuto ai due uomini, salutando molto affettuosamente Doyner, più freddamente invece Parsell che non gli era simpatico - un sentimento che condivideva con il Capo dell'ASSE, il quale, dopo la nomina di Parsell, aveva deciso di rinunciare alla carica di Vicecomandante delle Guardie.

Una fugace occhiata lanciatagli dal fratello fece capire a Faidon che Jordan desiderava parlargli da solo, ma prima che potesse anche solo pensare ad una scusa il Principe lo anticipò, suggerendo a Doyner di accompagnare l'Imperatrice a visitare quella che definì la più bella città dell'intero universo, mentre Faidon insistette perché Parsell li scortasse.

Mentre li guardavano allontanarsi tra le rovine di Roma, Jordan disse al fratello:

- Sono contento che tu sia riuscito a venire -.

- Sai che non sarei mancato per nulla al mondo -.

Jordan annuì gravemente.

- So che non è un momento facile per te... -

- Ti riferisci a Frosten? -

Il Principe abbassò lo sguardo. L'Imperatore lo strinse forte a sé.

- Lo so che hai svolto il servizio militare sotto di lui... - cominciò Faidon.

- Non era solo un mio tallo! - esclamò Jordan. - Era un amico, una persona splendida, un uomo straordinario! -

- Sai cos'ha fatto nove anni fa -.

Jordan si morse le labbra.

- Sai che il Comandante Parsell... -

- Che a quell'epoca era un soldato semplice - precisò il Principe.

- Stai cercando di dirmi qualcosa? - chiese l'Imperatore, lievemente irritato dalle insinuazioni del fratello.

- Niente - mentì Jordan. - Stavo solo puntualizzando -.

- Parsell - riprese Faidon fingendo di assecondare l'atteggiamento remissivo del Principe, - lo colse sul fatto, nella stanza dove Frosten aveva appena massacrato l'allora Primo Ministro e l'allora Comandante delle Guardie -.

- Ma Frosten si è sempre dichiarato innocente, anche dopo essere stato condannato a morte, quando era comunque inutile! Perché lo avrebbe fatto, secondo te? -

- Perché la speranza è sempre l'ultima a morire… -

- O perché era davvero innocente -, concluse Jordan sicuro.

L'Imperatore scosse la testa. Il Principe si morse le labbra, poi cercò di cambiare discorso.

- Come vanno le cose nell'Impero? - domandò.

Faidon abbassò lo sguardo.

- Non bene… - sospirò. - Siamo in piena in crisi, ed io sono sempre più in difficoltà…

Sei sistemi si sono praticamente resi indipendenti, se non ufficialmente almeno formalmente, ed io non posso far intervenire l'esercito per non lasciare scoperti dei settori nevralgici, che potrebbero essere sfruttati dai nostri tradizionali nemici… Ho perfino dovuto allentare la guardia ai confini con Vainomed…

E le cose non vanno meglio su Astragon… Il Senato non mi ha mai avuto in grande simpatia… e ora che non ho più nemmeno la maggioranza in Gran Consiglio, quello che comanda di fatto è Wallun … -

Jordan capiva perfettamente la gravità di una simile situazione: il Presidente del Senato infatti non aveva mai perdonato all'Imperatore il colpo di mano di quasi undici anni prima, quando l'allora Principe

Ereditario era entrato armato nella sede del Gran Consiglio per piegare il principale organo dello Stato alla sua volontà.

- Zoxl è con lui - proseguì Faidon, - mentre io, con Timo in missione, posso contare solo su Doyner e Eumen. Quanto a Hyrvik, si mantiene neutrale, aspettando di vendersi al miglior offerente, come le api che sono attratte dai fiori più profumati. Se almeno tu avessi accettato il seggio che ti avevo offerto... -

- Sai bene che non voglio avere nulla a che fare con la politica -.

- E fai bene... Ormai, visto il potere che ha accumulato in cinque mandati di Presidenza del Senato, è Wallun che fa il bello e il cattivo tempo nell'Impero: si diverte a bloccare ogni mia iniziativa in Gran Consiglio, blocca qualsiasi proposta di legge in Senato... sembra che l'anno scorso sia riuscito perfino a controllare l'elezione del Primo Ministro Houer... -

- ...che tu vedi come il fumo negli occhi - aggiunse Jordan.

- Ha permesso che in Senato sedessero dei rappresentanti di Tares Ybil! Non è pazzesco?! Questo dovrebbe bastare a renderlo quantomeno degno di diffidenza per qualunque essere dotato di un minimo di ragione, non credi?

Inoltre, come se ciò non bastasse, è anche un individuo privo di morale che vorrebbe distruggere tutti i valori su cui si fonda la nostra società, per di più avendo alle spalle un partito i cui esponenti non fanno altro che litigare un giorno sì e l'altro pure! E così, per scongiurare il rischio di un ribaltone, ha pensato bene di offrire ai suoi "amici" anche le poltrone che non aveva, per riuscire a coprirsi le spalle! -

- Non male, per uno di cui non hai un'alta considerazione... -

- Che sia dotato di scarsa intelligenza lo dimostrano le sue proposte di legge, se è vero che intende conferire alle scimmie quei diritti che vorrebbe negare agli embrioni...

Comunque, dietro di lui c'è Wallun, e Houer lo sa bene: sa che deve a lui la sua poltrona, e gli obbedisce come un cagnolino. Di chi credi che sia stata l'idea di concedere ad Hyrvik il Ministero dell'Interno? E - guarda caso - da allora il Consigliere Supremo tende sempre a percepire come più profumati i fiori del Presidente del Senato... -

Jordan abbassò lo sguardo senza sapere cosa replicare.

- E perché pensi che Doyner abbia mantenuto la carica di Ministro degli Esteri? - continuò Faidon. - Wallun contava di trarre anche lui dalla sua parte, ma ha fatto male i suoi conti: Doyner è il mio migliore amico, e mi è troppo fedele per farsi corrompere con questi mezzucci -.

Il Principe annuì ed alzò leggermente gli angoli della bocca in un sorriso appena accennato.

- Per fortuna - concluse l'Imperatore, - mi resta sempre il diritto di veto... -

Jordan annuì di nuovo. Faidon lo guardò sorridendo e gli diede una pacca sulla spalla.

- E tu? - domandò. - Non dovresti star provando? -

- La mia astronave è a posto. Sono gli altri che devono cercare di starmi dietro... Ho il miglior tempo nelle prove ufficiali, e mi basta un tredicesimo posto per riprendermi il titolo di Campione dell'Universo -.

- E così hai pensato bene di venire a distrarti a Roma... -

- È una città magica... mi fa star bene, mi fa rilassare... è come se mi mettesse in contatto diretto col Paradiso... -

Faidon lo fissò profondamente negli occhi azzurri, calmi e rilassati a dispetto della tensione per la gara decisiva per l'assegnazione del Titolo Intergalattico.

- Che cosa c'è? - domandò Jordan.

- Mi sembra di star rivivendo gli stessi istanti dell'anno passato -.

Il Principe capì subito cosa intendeva l'Imperatore.

- Ti sbagli - affermò sicuro. - Non ripeterò lo stesso errore -.

- Ne sei sicuro? -

- Te lo prometto. Stavolta porterò a casa la vittoria e il titolo -.

Faidon stava per replicare ma, in quel momento, scorse Mailynn che tornava verso di loro assieme a Doyner e Parsell.

- Mi sa che dovremo andare... - disse l'Imperatore. - Oltretutto, sta calando l'oscurità... -

- Faidon -.

- Sì? -

- Sai... in questi giorni... ho visitato parecchie città del pianeta e... a un certo punto... mi è capitato fra le mani un antico calendario terrestre. Lo sai cosa diceva? -

L'Imperatore scosse la testa.

- Siamo nell'Era del Drago - concluse trionfalmente Jordan.

- Davvero? -, ribatté Faidon.

Non sembrava entusiasta come il Principe si sarebbe aspettato.

- È un segno - continuò Jordan. - Vincerò io, stavolta -
.

L'Imperatore gli sorrise e gli pose una mano sulla spalla. Sapeva che si riferiva al disegno che campeggiava sulle fiancate della sua astronave, un drago d'oro stilizzato.

- Sì - disse poi. - Ne sono sicuro! -

VI.

Se c'era una cosa che Faidon detestava con tutto se stesso, erano le manifestazioni ufficiali: il motivo di ciò erano gli incontri, inevitabili quanto esecrati, con quelli che l'Imperatore definiva "nobilucci dei sistemi periferici", per lo più aristocratici retrogradi e boriosi nel vacuo vanto del loro casato, che però costituivano il principale baluardo dell'istituzione imperiale sia in Senato sia, soprattutto, in quei sistemi dove l'autorità dell'Imperatore era avvertita meno che altrove.

In simili occasioni, il divertimento preferito di Doyner consisteva nell'andare in cerca anche del meno conosciuto e prestigioso fra questi nobili per condurlo alla presenza di Faidon, in modo che questi potesse personalmente ringraziarlo dell'ottimo lavoro finora svolto a tutela degli interessi dell'Impero.

In quella circostanza, uno dei "colpi" realizzati dal Capo dell'ASSE fu senza dubbio il Duca Klem Wulfrid Von Sackville-Schwinger.

- Suo fratello Viktor - sussurrò Doyner all'Imperatore,
- è il Governatore di Pherr -.

Faidon non aveva neppure bisogno di questa
precisazione. Conosceva bene il Duca Viktor Sigfreid
Von Sackville-Schwinger e, nonostante una serie
piuttosto prolungata di divergenze - in particolare
sulla politica sociale dell'Impero, che il Duca
giudicava troppo progressista -, lo stimava da sempre
in quanto persona fra le più intelligenti e responsabili
dell'Impero, uno dei pochi in grado di governare
senza problemi un sistema di confine come quello di
Pherr, perennemente esposto agli assalti dei soldati di
Tares Ybil nonché dei pirati spaziali, e di difficile
gestione anche sul piano interno, a causa di ribelli e
sovversivi che organizzavano spesso degli attentati
atti a minare il prestigio e l'autorità di Viktor e, di
conseguenza, quelli dell'Imperatore.

Faidon salutò con rispetto il Duca e gli chiese di
portare i suoi saluti a Viktor, che definì persona a lui
molto cara. Ma non tardò a scoprire quanto diverso
dal fratello fosse il Sackville minore.

Non appena infatti si trovò di fronte a Mailynn, il
Duca si profuse in un profondo inchino, afferrò la
mano della ragazza producendosi in un rozzo
baciamano e snocciolò una melensa dichiarazione che
sarebbe stata trovata antiquata già nel Medioevo
terrestre:

- Le voci sulla vostra bellezza sono giunte fino a
noi… tuttavia, non si era neppure accennato al fatto
che il vostro volto potesse oscurare il sole… -

L'Imperatrice rise di gusto, più che altro per
compassione. Tuttavia, Faidon credette di cogliere

come un cenno d'intesa, un segnale scambiato con gli occhi che sembrava indicare una conoscenza affatto superficiale, se non una vicinanza, una complicità, o addirittura un'intimità.

Lì per lì Faidon preferì non affrontare la questione ma, quando Doyner accompagnò alla porta il suo ospite, gli lanciò un'occhiata di fuoco, che il Capo dell'ASSE ricambiò prontamente con un gran sorriso.

In seguito Doyner evitò accuratamente di farsi vedere in giro fino al primo pomeriggio quando, assieme a Parsell, dovette scortare Faidon e Mailynn dalla residenza romana dell'Imperatore fino alla tribuna d'onore dello stadio intergalattico, un immenso anello spaziale orbitante sopra al Polo Nord, al centro del quale erano stati posizionati dei mega-schermi che consentivano agli spettatori di seguire la corsa.

Un boato accolse l'ingresso nello stadio di Faidon e Mailynn - prontamente inquadrati sui mega-schermi -, che da tempo non si facevano più vedere in pubblico in occasione di eventi "popolari" come un Gran Premio. Un giornalista tentò l'assalto al Palco Imperiale nella vana speranza che Faidon gli rilasciasse una breve intervista, ma venne respinto dalle Guardie di Parsell.

Nel frattempo, partì il giro di ricognizione. Le telecamere iniziarono ad indugiare sui due grandi sfidanti per il titolo: Jordan Rayos dei Garidi, nella sua navicella scarlatta sulle cui fiancate campeggiava il drago d'oro stilizzato, e Major Denver, in un'astronave metà argentea come la luna e metà nera come la notte, sulle cui fiancate era riprodotto un ghepardo.

- Credi che ce la farà? - chiese Doyner all'Imperatore.

- Io confido di sì... tanto più che questo è il suo astrocircuito preferito -.

- Davvero? Anche se non ci ha mai vinto? -

- Io spero solo che quest'anno vada meglio, che non si prenda tutti quei rischi... - sussurrò Mailynn stringendosi nelle spalle.

- Non preoccuparti - rispose Faidon in tono rassicurante. - Quest'anno sarà più prudente, me lo ha promesso -.

Mailynn annuì, ma non riuscì a liberarsi della strana sensazione di vertigine che aveva accompagnato le ultime parole del marito.

L'Imperatrice ricordava bene la gara svoltasi l'anno precedente: anche in quell'occasione Jordan era nettamente primo in classifica, e gli sarebbe bastato un settimo posto per conquistare il quarto Titolo Intergalattico consecutivo.

Una partenza non ottimale lo aveva costretto ad inseguire fin dalle prime tornate, ma una grande rimonta lo aveva portato a ridosso della prima posizione, occupata dal suo grande rivale, il leggendario Major Denver, otto volte Campione dell'Universo ed una serie record di cinque Titoli Intergalattici consecutivi, interrotta proprio dall'allora ventiduenne Jordan.

Mancavano appena due giri: il Principe non doveva far altro che attendere alle spalle di Denver, e poi sarebbe potuto correre a festeggiare col fratello e gli amici.

Ma, all'ultimo giro, Jordan aveva voluto strafare. Non sopportando l'idea di diventare Campione grazie ad un secondo posto, e per di più sul suo astrocircuito preferito, il Principe aveva tentato una manovra folle e disperata: anziché attraversare la Fascia degli Asteroidi nel punto tradizionalmente meno pericoloso, infatti, Jordan aveva voluto attaccare Denver infilandosi proprio in mezzo alle rocce, approfittando di una sorta di scorciatoia naturale che aveva individuato all'interno della Fascia. Ma una piccola meteora gli aveva colpito l'astronave proprio mentre già il Principe assaporava il successo, costringendolo al ritiro e spegnendo tutti i suoi sogni di gloria, e regalando ad un incredulo Denver il nono Titolo Intergalattico.

Quello poteva essere l'anno della rivincita. E già i piloti completavano il giro di ricognizione e si disponevano sulla griglia di partenza.

Il sistema di start si basava su un sofisticatissimo sistema montato a bordo di un satellite orbitante attorno alla Terra, in grado di riflettere la luce del Sole isolando una determinata lunghezza d'onda: nel momento in cui veniva completata la griglia di partenza, un raggio rosso, luminosissimo, saettava verso un sistema di specchi - a loro volta montati su satelliti artificiali -, che lo riflettevano l'uno verso l'altro dinanzi all'astronave in pole position. Era il momento in cui tutti i motori rombavano, mentre i piloti aspettavano che il lento movimento del satellite portasse al superamento di un angolo limite, oltre il quale non ci sarebbe stata più riflessione: la subitanea scomparsa del raggio costituiva il segnale di start. E la corsa partì.

- Subito un grande spunto di Major Denver! - esclamò il telecronista. - Il Campione dell'Universo sembra aver preso subito la testa nel lungo rettilineo che porterà i piloti attorno a Venere! Una partenza meno brillante invece per il suo sfidante, il Principe Jordan Rayos dei Garidi, che sembra aver perso delle posizioni!

Ma ecco che i piloti affrontano la prima curva, una semiorbita attorno a Venere: è Denver in testa, con alle spalle Plon e Verde! Quarta posizione per il Principe Rayos, ma ricordiamo che gli basta un tredicesimo posto per vincere il suo quarto Titolo Intergalattico!

E c'è subito un attacco di Verde sul rettilineo verso il Sole, ma Plon sembra poter resistere e... sì! Mantiene la posizione e si appresta a curvare dietro a Denver che sembra già voler prendere il largo! Tutti i piloti affrontano ora la difficile semiorbita attorno al Sole e... -

- O mio Dio! - urlò Mailynn.

Uno dei piloti di coda aveva clamorosamente sbagliato la curva arrivando troppo veloce alla frenata, e l'immensa forza del Sole lo aveva catapultato via, nello spazio profondo.

- Non preoccuparti - la tranquillizzò Faidon. - Ora interverrà prontamente la squadra di recupero a salvarlo... Non gli accadrà nulla: la sicurezza è un fattore fondamentale in questo ran -.

Mailynn annuì, e tornò a concentrarsi sulla gara. I piloti stavano ora percorrendo il rettilineo più lungo di tutto il Campionato dell'Universo, quello che li avrebbe condotti alla semiorbita attorno a Plutone. Dimentico del fatto che aveva alle spalle un maestro del sorpasso come Jordan, Verde tentò un nuovo attacco a Plon, che resistette di nuovo: giunto però alla frenata, il pilota si accorse che il Principe lo aveva affiancato all'esterno senza lasciargli sufficiente spazio per la manovra. Dal momento che un'azione verticale gli sarebbe costata una penalizzazione, Verde fu praticamente costretto a fermarsi mentre Jordan gli soffiava la terza posizione senza neppure sforzarsi più di tanto.

- *Por fuera!* - esclamò entusiasta Faidon scattando in piedi.

La semiorbita attorno a Plutone venne compiuta senza problemi, e i piloti saettarono sul rettilineo verso Saturno mentre il telecronista annunciava:

- Parziale record per Denver, che ha già un vantaggio di quattro secondi su Plon! -

Il rettilineo era relativamente corto, e in breve tempo i piloti si ritrovarono ad affrontare la chicane tra Saturno e Giove, che immetteva sul penultimo rettilineo, quello che comprendeva la Fascia degli Asteroidi e che venne affrontato senza troppe difficoltà, con Jordan che, benché scalpitante, rimase saggiamente in scia a Plon, seguendolo anche nella breve deviazione verso Marte che costituiva l'ultima curva prima del rettilineo d'arrivo. I piloti sfrecciarono sopra la Terra completando così il primo giro.

- Denver passa per primo sul traguardo -, esclamò il telecronista, - stampando il giro record, con un vantaggio di sette secondi e quattro decimi su Plon, e di sette secondi e otto sul Principe Rayos, che precede Verde di quasi tre secondi! -

- Quanti giri sono in tutto? - domandò Mailynn.

- Trentasei - rispose Faidon, gli occhi fissi sui mega-schermi che mostravano l'attacco di Jordan a Plon.

Il Principe aveva tentato di affiancare l'avversario all'interno, ma Plon lo stava stringendo proprio come lui aveva fatto in precedenza con Verde. Jordan, che si aspettava una simile mossa, evitò di accelerare al massimo attendendo il momento più adatto. Poi si gettò tutto all'esterno, premendo l'acceleratore a tavoletta. Quando Plon si accorse di essere caduto nella trappola del Principe, era già troppo tardi: la sua traiettoria era troppo interna, e il Sole troppo vicino. Tentò allora di affiancare Jordan per poi sfruttare la traiettoria interna, ma il Principe, che si aspettava anche questa contromossa, lo indusse a seguirlo per fargli ritardare la frenata e poi, improvvisamente, "alzò il piede": Plon, che non fu abbastanza pronto, rischiò di finire lungo e dovette bloccarsi, mentre Jordan prese la traiettoria ideale e compì senza difficoltà la semiorbita attorno al Sole.

- Straordinario! - esclamò il telecronista. - Il Principe Rayos ha conquistato di pura astuzia la seconda posizione, con un intertempo record che gli ha consentito di recuperare tre decimi a Denver! -

Mailynn fissò preoccupata Faidon, che abbassò lo sguardo. I giri successivi furono per lo più conditi dalla straordinaria rimonta di Jordan, capace di recuperare a suon di giri record l'intero svantaggio in otto tornate, per poi accodarsi a Denver, in modo da far riposare il motore e al contempo studiare le linee del rivale.

I successivi ventisei giri furono caratterizzati soprattutto da sorpassi al centro del gruppo, ritiri più o meno spettacolari - memorabile quello di Bonen, colpito da un'improvvisa protuberanza solare mentre era sesto -, e continue scaramucce tra i primi due classificati, alternate a sporadiche fasi di studio.

- Ultimo giro! - esclamò il telecronista. - Inizia ora l'ultimo giro con Major Denver davanti al Principe Jordan Rayos dei Garidi, che è a un passo dal suo quarto Titolo Intergalattico! Chissà se si accontenterà o se farà almeno un tentativo per riuscire a strappare anche la vittoria a Denver? -

Mailynn appoggiò la mano sulla spalla di Faidon e strinse forte la veste del marito. In cuor suo, lei conosceva già la risposta.

Jordan fece un tentativo alla seconda curva, ma non aveva preso sufficiente velocità per riuscire ad affiancare Denver, perciò desistette. Il lunghissimo rettilineo successivo sarebbe potuto essere l'ideale per il Principe, ma il suo rivale riuscì a costringerlo ad una traiettoria troppo interna: Jordan finì leggermente lungo e Denver, incrociando le linee, riuscì a riprendersi la prima posizione, e perfino a guadagnare qualche decimo, che conservò abilmente fin oltre la chicane fra Saturno e Giove. Ormai erano rimaste solamente due curve, ma Jordan sapeva bene che la corsa si sarebbe decisa prima di Marte, in quanto il traguardo era troppo vicino all'ultima curva, e non ci sarebbe stato spazio sufficiente per un ulteriore attacco: bisognava affondare lì, in quel momento, sul rettilineo che comprendeva la Fascia degli Asteroidi.

Mailynn si strinse forte a Faidon, che deglutì nervosamente. Jordan si era allargato per affiancare Denver all'altezza della Fascia: ancora una volta aveva scelto la "sua" scorciatoia.

Faidon chiuse gli occhi. Per qualche istante non riuscì a sentire altro che il battito convulso e irrefrenabile del suo cuore, e il respiro affannoso di Mailynn. Immaginava Jordan immerso in una nuvola di detriti, lo sciame di piccole meteore che avvolgeva la sua astronave come piccole api maligne, e lo immaginava sfrecciare verso lo spazio aperto e farsi coraggio, "ancora pochi metri e sarai fuori", e poi via, verso la luce, verso la vittoria... E poi un improvviso boato, seguito da scrosci di applausi, e Faidon si costrinse finalmente a riaprire gli occhi.

- Incredibile! - gridava il telecronista. - Straordinario! Il Principe Rayos è uscito indenne dalla Fascia degli Asteroidi! -

Mailynn balzò in piedi urlando tutta la sua gioia, subito imitata da Doyner, che scaricò la tensione gridando a pieni polmoni "Grande! Grande!" e prendendo a pugni il suo fass-bida. Faidon riuscì a respirare di nuovo, scosse leggermente la testa e guardò in alto, annuendo in segno di ringraziamento.

- È in testa! Straordinaria manovra del Principe Rayos che esce per primo dalla Fascia e può schiacciare l'acceleratore! È all'ultima curva, con Denver che ormai può soltanto accodarsi... e va a vincere! Il Principe Jordan Rayos dei Garidi trova la sua prima vittoria nel Gran Premio del Sistema Solare, e conquista il suo quarto Titolo Intergalattico! Una vittoria stupenda per come è arrivata, ottenuta contro un eccezionale Major Denver dopo un duello che rimarrà nella storia di questo ran! -

- Ce l'ha fatta! -, gridò Doyner. - Ce l'ha fatta! -

Faidon e Mailynn sorrisero mentre si spellavano le mani a furia di applausi. Il Capo dell'ASSE li abbracciò entrambi con trasporto, poi si unì alla folla che scandiva fiera il nome di Jordan.

Il Principe salì sul gradino più alto del podio, fra Major Denver e Kolovan Verde, indossando una maglietta celebrativa che recava davanti l'immagine di un drago color oro che abbracciava la Terra, e dietro l'elenco di tutte le vittorie ottenute da Jordan in carriera. Venne premiato dal Governatore della Terra in persona, prima di passare alla conferenza, durante la quale espresse dediche e ringraziamenti, complimentandosi più volte con Denver, per il quale continuava a nutrire un profondo rispetto. Concluse indicando il disegno sulla sua maglietta e chiosando:

- State tutti attenti, d'ora in poi, perché l'Era del Drago è appena cominciata! -

VII.

La festa impazzava ormai da ore nella residenza romana dell'Imperatore, un'antichissima villa terrestre che Faidon aveva interamente messo a disposizione della squadra di Jordan per poter celebrare degnamente il trionfo del fratello. Canti ed inni improvvisati, suggeriti dall'alcool e dall'euforia, avevano sostituito già da tempo il lauto banchetto offerto dall'Imperatore e lo spettacolo danzante predisposto da Doyner, e le giovani e sexy ballerine ingaggiate dal Capo dell'ASSE deliziavano ora in modo assai diverso i loro casuali accompagnatori.

Il solo Faidon rimaneva distante da quanto stava gli accadendo intorno, appoggiato con aria assente allo stipite della porta del grande salone, come se i festeggiamenti non lo riguardassero, come se vi stesse assistendo da molto lontano, da semplice spettatore anziché da partecipante.

Quasi non si accorse neppure di quando Jordan gli venne incontro, un po' brillo, con un bicchiere di vino in mano, per chiedergli di unirsi anche lui alla festa.

- Dài, buttati anche tu, per una volta! Non sopporto l'idea che ci sia qualcuno che non si diverte, specie se sei tu -.

L'Imperatore sorrise e gli diede una pacca sulla spalla. Poi, dopo essersi accertato che nessuno li stesse osservando, gli sussurrò all'orecchio:

- Devo parlarti -.

E, alla faccia sbigottita del fratello, aggiunse:

- Da solo -.

Jordan annuì e, cercando di non farsi notare, seguì Faidon lungo il corridoio, poi su per le scale, fino ad una stanza al primo piano, che l'Imperatore usava come studio.

- Che cosa c'è? - domandò il Principe dopo essersi accomodato su un'antica poltrona, di fronte alla scrivania in nut dietro la quale sedeva il fratello.

- C'è che ho un incarico da affidarti... ma è molto rischioso... -

- Il pericolo è il mio mestiere! -

- Me ne sono accorto... -

Jordan stava per replicare ma, prima ancora che potesse aprire bocca, Faidon esclamò:

- Mi avevi promesso che non ci avresti riprovato! -

- Niente affatto -, rispose tranquillo il Principe. - Io ho solo detto che non avrei commesso di nuovo lo stesso errore -.

Faidon si grattò la nuca senza rispondere, poi scosse vigorosamente la testa.

- Ma che bisogno c'era? -, sbottò, irritato anche per come il fratello lo aveva giocato. - Potevi accontentarti... avresti vinto comunque... Perché prenderti un tale rischio? -

- Hai temuto che la storia si ripetesse? -

- Ho avuto paura che non ti avrei rivisto mai più -.

Jordan abbassò lo sguardo. Un silenzio pesante ed opprimente scese sopra la stanza. Un silenzio carico di malinconia.

- Perdonami -, mormorò poi Jordan. - Mi dispiace di averti fatto preoccupare... Ma non sei tu quello che deve superare i limiti... -

Faidon non capì il significato di quella frase sibillina, e per qualche istante rimase a fissare attonito il fratello che si mordeva il labbro inferiore, quasi a punirsi per essersi lasciato sfuggire un segreto che custodiva gelosamente dentro il suo cuore.

- Hai detto che avevi un incarico per me - aggiunse il Principe cercando di cambiare discorso.

Faidon annuì.

- Conosci i *Sette Sigilli dell'Apocalisse*? -, domandò.

- Certo! -

- Sai quanti di essi sono custoditi qui su Astragon? -

- Se non sbaglio, dovrebbero essere tre -.

Faidon annuì di nuovo.

- Ho bisogno che tu recuperi gli altri - affermò poi sicuro.

Jordan credette di non aver capito bene.

- I...io do...dovrei...? -

- Recuperare i quattro sigilli mancanti -, concluse l'Imperatore. - Sempre che tu te la senta, naturalmente -.

- Ma... ma questo significa che... -

- ...che la situazione è più grave di quanto osassi paventare nei miei peggiori incubi. C'è il rischio concreto che si possa scatenare una vera e propria guerra, e io ho bisogno di riunire quei sigilli, perché costituiscono un vincolo sacro a cui nessuno degli alleati potrà sottrarsi -.

Jordan annuì.

- Quindi perderò la prossima stagione di gare - commentò accennando un mezzo sorriso.

- Niente affatto. Anzi, dovrai comportarti in modo del tutto normale, perché la tua ricerca dovrà essere assolutamente segreta, e nessuno dovrà neppure sospettare che tu possa avere qualcosa a che fare con i *Sette Sigilli dell'Apocalisse* -.

- Ma come...? -

- I Servizi Segreti stanno scandagliando l'intero universo e, quando avranno qualche risultato, te lo comunicheranno immediatamente, in modo che tu possa agire il più in fretta possibile. È essenziale che la localizzazione e il ritrovamento dei sigilli mancanti siano sincronizzati, per ridurre al minimo la possibilità di interferenze -.

- Vuoi dire…? -

Faidon annuì ancora.

- Sì: Tares Ybil, o chi per lui. Per questo mi sono rivolto a te: sei il miglior pilota dell'universo, e sei anche una delle poche persone di cui mi fidi veramente… -

La sua voce ebbe un tremito improvviso mentre pronunciava le ultime parole, e il cuore di Jordan sussultò per la commozione.

- Conta su di me! - affermò sicuro.

- Guarda che la ricerca potrebbe essere davvero pericolosa -.

- Più che incunearsi nella Fascia degli Asteroidi? -

Faidon sorrise, e il Principe con lui.

- Non so quali ostacoli potrai trovare sul tuo cammino - proseguì poi l'Imperatore, - ma so che non mi deluderai -.

Jordan si alzò dalla poltrona, sempre sorridendo.

- Sarai fiero di me! - esclamò.

Anche Faidon si alzò, e girò intorno alla scrivania per guardare il fratello dritto negli occhi.

- Lo sono già - disse poi sicuro.

Jordan lo abbracciò con forza senza riuscire a dire nulla.

- Ora è meglio che vai - disse poi l'Imperatore. - Sei il festeggiato, e la tua assenza si potrebbe notare… -

Il Principe annuì, poi voltò le spalle al fratello e si diresse verso la porta, leggero come se stesse camminando sulle nuvole. Mentre stava sulla soglia, Faidon lo richiamò.

- Sì? - disse Jordan.

Ma Faidon esitò, come se avesse dovuto dirgli qualcosa di importante e non riuscisse a trovare le parole adatte.

- Niente - disse poi. - Va' pure -.

Il Principe gli sorrise ancora, e poi uscì dalla stanza chiudendosi la porta alle spalle. L'Imperatore tornò alla scrivania, si sedette, sospirò profondamente e poi si coprì il volto con le mani scuotendo leggermente la testa. Poi deglutì, diede un'occhiata in giro, sospirò di nuovo e prese alcune carte provenienti da vari Ministeri.

Aveva appena iniziato a leggerle quando la porta si aprì di nuovo, rivelando nella luce artificiale la figura di Doyner.

- Comincio ad avere problemi di udito - esordì Faidon. - Pensa che non ti ho neppure sentito bussare… -

Il Capo dell'ASSE allargò le labbra in un gran sorriso, poi rispose solo:

- Hai ragione… -

Dopodiché richiuse la porta davanti a sé e, rimanendo sempre all'interno della camera, batté un paio di colpi contro il legno antico, socchiuse leggermente la porta e fece:

- Faidon, sono io. Posso entrare? -

- Sai che di norma si bussa *dall'esterno* di una stanza…? -

- Non vorrai farmi fare avanti e indietro alla mia età?! -

- In altre circostanze questo non mi sembrava essere un problema... -

- Perché in quelle... circostanze - disse ammiccando -, le età risultano mediate... -

- Se così fosse dovresti riscriverti all'asilo... -

- Perché no? Così potrei colmare certe mie lacune... Però dovrebbero lasciarmi un paio di ragazze e un paio di bottiglie... -

- A proposito, mi stupisce vederti ancora sobrio a quest'ora... -

A queste parole, Doyner si produsse in uno sguardo allucinato, fece finta di barcollare, si appoggiò ad una sedia, agitò freneticamente l'indice della mano destra davanti al viso e disse:

- C...chi di... hic... Chi di voi tre ha p...parlato? -

Per tutta risposta, Faidon appallottolò un foglio che aveva sulla scrivania, fece per tirarlo al Capo dell'ASSE ed esclamò:

- Vediamo se indovini chi di noi tre sta per colpirti dritto in fronte! -

Ma, prima che potesse fare alcunché, Doyner si gettò a terra simulando uno svenimento, e facendo anche finta di russare. Poi si rialzò ridendo di gusto, e solo allora si accorse che Faidon aveva in mano un fascicolo cui gettava continue occhiate con aria apparentemente preoccupata.

- È successo qualcosa? - domandò il Capo dell'ASSE in tono insolitamente serio.

L'Imperatore scosse la testa.

- Non sei riuscito a convincerlo? - chiese ancora Doyner.

- Sì - annuì Faidon. - Sì, ma… -

Fece vedere il fascicolo al Capo dell'ASSE, poi concluse:

- Non sono riuscito a parlargliene… -

- E hai fatto bene! - esclamò Doyner, la voce vibrante di indignazione. - Lo avresti fatto preoccupare inutilmente. Sono tutte stupidaggini! -

- Il Comandante delle Guardie non la pensa allo stesso modo -.

- Parsell è solo… -

- …il Capo degli Immortali - concluse Faidon per evitare che l'amico potesse dire qualcosa di cui poi si sarebbe potuto pentire.

- Stavo per dire "prevenuto"… -

- Ah… -

- Ma si dovrà ricredere -.

Faidon annuì, poi ripose il fascicolo in un cassetto della sua scrivania. Sospirò, e per qualche istante volse lo sguardo oltre la finestra, verso l'immensità della notte. Doyner gli si avvicinò.

- C'è qualcosa che non va? - gli domandò in tono conciliante, quasi paternamente.

Faidon non rispose, e sospirò di nuovo.

- Ti ricordi la tua… declamazione sui *Sette Sigilli dell'Apocalisse*? -

- Come se fosse ieri -.

- Era inesatta -.

Doyner incrociò le braccia, limitandosi a fissare l'Imperatore con la sua abituale faccia da schiaffi in attesa che l'amico proseguisse il discorso.

- La leggenda - riprese Faidon, - sul luogo segreto noto solo all'Imperatore in cui sarebbe nascosta la *Spada di Luce* è, per l'appunto, una favola -.

- Lo so - replicò il Capo dell'ASSE, sorridendo allo sguardo stupito dell'amico. - Conosco la storia del cenotafio di Garid il Grande... solo, ho ritenuto che non fosse necessario che lo sapesse anche Hyrvik -.

Faidon annuì, alzando leggermente gli angoli della bocca in un lieve sorriso. Doyner sospirò: era ovvio che l'amico aveva solo cercato di sviare il discorso dalla vera ragione del suo turbamento che - Doyner lo percepiva chiaramente - in qualche modo riguardava ancora Jordan. Il Capo dell'ASSE ne ebbe l'inconfutabile conferma quando cercò insistentemente di fissare gli occhi dell'Imperatore, che però rifuggì il suo sguardo.

Doyner lo scrutò seriamente. Faidon aveva il volto pallido anche se apparentemente impassibile, ma i suoi occhi tradivano un'ansia che gli sgorgava direttamente dal cuore. Senza dire una parola andò alla finestra e la spalancò, inalando grandi boccate di quella fresca aria notturna che sembrava poter lenire qualsiasi dolore.

Doyner abbassò gli occhi. Avrebbe voluto fare qualcosa per alleviare le pene dell'amico, ma lui aveva come racchiuso il dolore dentro al suo cuore.

Sconsolato, Doyner si rimise il cappello in testa e fece per andarsene. Giunto però sulla soglia, si sentì richiamare e si voltò di nuovo, rimanendo in silenzio. A passi lenti, raggiunse Faidon alla finestra.

- Sai... - cominciò l'Imperatore, - sai cosa mi ha detto Jordan? Sai perché era così sicuro di vincere? -

Pur senza rinunciare ad un attimo di autocompiacimento per l'acutezza della propria intuizione, il Capo dell'ASSE scosse la testa.

- Siamo nell'Era del Drago - concluse l'Imperatore, passandosi le mani sul volto.

- E allora? - domandò Doyner, non capendo il motivo di quel gesto di sconforto.

- Lorin è del segno del Drago -.

Doyner guardò l'amico con occhi sgranati, e Faidon non riuscì a far altro che annuire. D'improvviso si alzò una lieve brezza ad accarezzare i loro volti stanchi, e tutt'a un tratto, come nel mormorio sommesso delle piante, come nella flebile voce degli astri, fu come se il vento fresco della sera sussurrasse loro parole lontane che il tempo credeva di aver cancellato.

ECCO, LA SPADA DI ASTRAGON
TRAFIGGE IL CUORE DI GHALAGOT:
UNA STELLA NASCE D'INCANTO,
BRILLA PIÙ FORTE FRA GLI ASTRI,
RISCHIARA LE TENEBRE E SCOMPARE.

ALLORA GIUNGERÀ UN CAVALIERE CON UN DRAGO PER DESTRIERO, E ACCENDERÀ L'ULTIMA LUCE PER IL RE PERDUTO!"

Faidon deglutì, gli occhi sbarrati, il respiro mozzo. Doyner gli batté una mano sulla spalla, e l'Imperatore sembrò riacquistare un po' di autocontrollo.

- Non credo alle profezie! - esclamò poi, distogliendo lo sguardo dall'amico. - Siamo noi gli artefici del nostro destino! -

Il Capo dell'ASSE lo guardò con aria scettica.

- Può darsi... - chiosò poi. - Ma, allora, perché stavi tremando? -

VIII.

Un nuovo giorno stava ormai terminando su Uniland. Un nuovo sole si inabissava nell'orizzonte lontano lasciando il posto ad una notte chiara e limpida, che già stendeva sul "Pianeta della Scuola" il suo mantello corvino trapuntato di stelle.

Nell'Hurn-Lith gli studenti del primo anno, che a un mese e mezzo dall'inizio delle lezioni avevano ormai costituito dei gruppi di studio, erano riuniti nella grande Biblioteca Virtuale, o avevano scovato delle aule vuote, o si erano ritirati nei dormitori nella speranza di riuscire a memorizzare quante più nozioni possibili di Storia della Terra, in vista dell'imminente verifica che si sarebbe tenuta l'indomani.

Solamente in una camera c'erano tre ragazzi che, anziché ripassare - o per meglio dire *studiare* - le lezioni del Professor Ruben Ston (che era anche Vicepreside dell'Istituto), si sfidavano fra grida e acute risate all'ultima versione del videogioco

"Invasione vainomedia", appena scaricato (illegalmente, ovvio) da Galanet: la stanza era quella di Kyril, e gli altri due ragazzi erano Dwight e Rigel.

Il biondino dall'aria sbarazzina e dai capelli sempre arruffati si era ormai perfettamente integrato nel gruppetto, per la gioia degli insegnanti e soprattutto del beja e dei jarsa, cui era stato paventato l'arrivo di due scalmanati e che si erano invece ritrovati a dover fare i conti con ben tre piccoli uragani. Di recente, Rigel aveva anche coniato per Kyril il soprannome di "Doppia K", e il figlio di Doyner lo aveva contraccambiato con il nomignolo di "R 'n B", in seguito a cui il biondino aveva avuto l'accortezza di entrare nell'aula di Scienze Chimiche e Biologiche con il volto e le mani dipinti di nero, suonando una vecchia tromba.

I tre ragazzi erano ormai divenuti inseparabili, ed anche i compagni a loro più vicini faticavano a contenerne l'esuberanza. In più, erano tutti contraddistinti da un'identica voglia di studiare che li aveva subito fatti assai apprezzare dagli insegnanti, ma con una sostanziale e significativa differenza: i voti di Rigel erano nettamente i migliori di tutto il corso, e solo una studentessa occhialuta dai corti capelli biondi, Urania Vera, riusciva a tenerne il passo.

In verità, in molti erano convinti che il biondino utilizzasse metodi poco leciti pur di ottenere quei risultati, ma nessuno era mai riuscito a coglierlo in fallo e - cosa che sembrava poter dissipare ogni dubbio - Rigel aveva rigettato tutte le accuse anche di fronte a Dwight. Quanto a Kyril, inizialmente sembrava essersi completamente disinteressato della vicenda ma poi, a una precisa domanda di Stella, si era detto assolutamente convinto che i voti di Rigel fossero dovuti solamente alla preparazione dell'amico, un'affermazione che aveva suscitato l'invidia di tutti quei ragazzi - ed erano in molti - che studiavano anche il doppio delle ore del biondino senza riuscire neppure ad avvicinare i suoi voti.

Al di là di queste piccole rivalità, comunque, la contagiosa allegria di Rigel lo aveva ben presto portato a farsi benvolere dai compagni, cosa che del resto era riuscita un po' a tutti i "ragazzi nuovi", che si erano ormai integrati nella classe ed erano entrati a far parte dei vari gruppi di studio.

L'unica eccezione era costituita da Hyles che, schivo ed introverso, se ne stava spesso in disparte a studiare per conto suo, nonostante i vari tentativi di Rigel, Stella e soprattutto Kyril di coinvolgerlo nelle loro occupazioni.

C'era anche lui, comunque, la sera dopo la verifica di Storia della Terra, nell'aula vuota dove Kyril aveva riunito quelli che chiamava "gruppi amici" o "gruppi paralleli" (per distinguerli dai cosiddetti "gruppi opposti", che facevano capo al nemico giurato del figlio di Doyner, Spike Henryk, e alle sue due compagne Scylla Padge e Petula Toody): una trentina di ragazzi in tutto che, dopo aver brevemente discusso del compito in classe appena svolto, avevano pensato di presentarsi ufficialmente, a beneficio di quanti non li conoscessero ancora, se non in modo superficiale.

Kyril parlò per primo, e il suo intervento risultò anche essere il più breve di tutti, dal momento che la fama di "Doppia K" e dei suoi illustri ascendenti era ben nota.

Poi toccò a Dwight, che sorprese tutti dichiarando, in tono più serio del dovuto, di essere un discendente diretto di Casanova e di essere lontanamente imparentato anche con Marco Antonio. Poi fu la volta di Rigel, che prima però ebbe bisogno di qualche secondo per potersi riprendere dalla crisi di riso.

- Vengo da Loq - disse poi. - In pratica vivo con mia madre: mio padre è un importante trekka, è sempre in giro per lavoro e io lo vedo molto poco… -

Ci fu un momento di imbarazzo generale, durante il quale nessuno ebbe il coraggio di dire nulla. Ci pensò però lo stesso "R 'n B" a stemperare la tensione con una battuta:

- Però ho la stanza piena di washa da tutto l'universo… - disse allargando la bocca in un sorriso.

Kyril gli batté una mano sulla spalla, e poi tutti si voltarono verso Stella, la quale si limitò a dare le proprie generalità e il pianeta di provenienza e a fornire la professione dei genitori, entrambi medici, fingendosi poi rammaricata per il fatto di non poter vantare antenati illustri come quelli di Dwight.

Poi venne il turno di Hyles, il quale però, come di consueto, sembrava piuttosto restio a parlare. Poiché però tutti avevano preso ad incoraggiarlo, alla fine il ragazzo cedette e si decise anche lui a confidarsi con gli altri.

- Vengo da Dreten - esordì, - e i miei genitori sono… beh… dei mercanti che si sono arricchiti col commercio delle stoffe -.

Hyles abbassò lo sguardo e si morse le labbra come se si fosse reso conto di aver appena rivelato un segreto terribile, ma Rigel, il più lesto di tutti a comprendere la situazione, intervenne subito a togliere l'amico dall'imbarazzo:

- E dov'è il problema? Forse i lavori non hanno tutti pari dignità? I tuoi genitori hanno sicuramente faticato moltissimo per riuscire a donarti una vita felice, e vanno solamente ammirati per questo! -

- Bravo! - esclamò Kyril scattando in piedi e facendo un cenno d'intesa al compagno. - È giusto! Un applauso per i genitori di Hyles! -

Tutti i ragazzi si alzarono in piedi ed iniziarono a battere fragorosamente le mani, mentre Hyles arrossiva intensamente. Subito dopo, però, Urania fece notare che forse avevano un po' esagerato, e che il rumore avrebbe potuto allertare il beja o i jarsa. Perciò, Kyril decise di interrompere la riunione e diede l'ordine di sciogliere le righe.

A piccoli gruppi, per non dare nell'occhio, i ragazzi iniziarono a rientrare nelle proprie stanze. Hyles si attardò un po' di più, ma venne prontamente atteso da Stella ed Urania. Giunto sulla soglia dell'aula, si voltò un'altra volta a guardare Kyril, Dwight e Rigel - che, in quanto capitani, erano sempre gli ultimi ad abbandonare la nave -, rivolse loro un sorriso appena accennato e li salutò con un ampio cenno della mano, prontamente ricambiato dai tre amici. Si sentì il cuore molto più leggero mentre tornava nella sua stanza e, specchiandosi un'ultima volta nella luna che splendeva fuori dalla finestra, si sorprese a pensare che forse, per la prima volta dopo tanto tempo, sarebbe potuto essere di nuovo felice.

IX.

Gli ultimi invitati erano appena arrivati: tutto era ormai pronto, nella Sala del Trono del Palazzo Imperiale di Astragon, per l'inizio delle danze. Mailynn fece un cenno agli orchestrali, e subito una melodia dolce e soave riempì la grande stanza, trascinando nel vortice del ballo gli illustri ospiti che l'Imperatrice aveva invitato per festeggiare il ritorno a casa di Faidon, dopo un lungo viaggio di ispezione nelle galassie più remote dell'Impero durato oltre due mesi.

Essendo perfettamente conscio dell'iniziativa che avrebbe preso sua moglie, l'Imperatore aveva fatto di tutto perché l'arrivo della *Golden Eagle* suscitasse meno clamore possibile, ed era rientrato nella Reggia passando da una porta secondaria onde evitare che i cerimonieri potessero vederlo e dunque costringerlo a partecipare al ballo indetto in suo onore.

Ormai ce l'aveva quasi fatta: si trovava nel corridoio che correva parallelo alla Sala del Trono e portava alla grande scalinata che conduceva ai piani superiori, dove si trovavano le camere e lo studio dell'Imperatore. Ancora pochi passi, e avrebbe potuto scorgere la porta della sua stanza, dove si sarebbe rilassato con una buona doccia calda prima di gettarsi sotto le coperte.

- Faidon! -

L'Imperatore si bloccò di scatto.

- Faidon! Che bella sorpresa! Ti aspettavamo solo dopo la conclusione delle danze! In fondo sei solo l'ospite d'onore, no? -

L'Imperatore aggrottò la fronte e si passò una mano sugli occhi.

- Per favore, Doyner, sono troppo stanco per riuscire a sopportare il tuo sarcasmo... -

- Ma non per una buona partita, spero... perché vedi, c'è appena stato uno scacco al re... -

Con un sospiro, Faidon si voltò verso il Capo dell'ASSE, e vide che l'amico gli stava tendendo delle scartoffie. L'Imperatore lo scrutò con aria interrogativa.

- È il dossier che mi avevi richiesto... -, spiegò Doyner con un gran sorriso.

Faidon lo afferrò e cominciò subito a sfogliarlo.

- Leggilo con attenzione -, gli suggerì il Capo dell'ASSE, - perché potrebbe servirti prima di quanto tu creda... -

L'Imperatore lo fissò per un attimo senza capire. Poi, vedendo che Doyner ammiccava verso la Sala del Trono, fece un passo verso la sua destra, posò la mano su un preciso pannello d'oro e guardò fisso verso uno dei rubini che decoravano la parete. Subito si udì una voce metallica gracchiare:

- Riconoscimento effettuato -.

Poi si udì uno scatto, e quella che sembrava una semplice parete si aprì leggermente, rivelando un passaggio laterale verso la Sala del Trono.

Faidon spinse leggermente la porta, scostò appena una tenda e scrutò all'interno della stanza in cerca di Mailynn. Doyner lo fissò attentamente senza abbandonare il suo sorriso, pronto a cogliere ogni minima reazione sul volto dell'amico. Ma Faidon restò impassibile. Solo dopo qualche secondo si voltò verso il Capo dell'ASSE con aria assente e chiese stancamente:

- Che cosa ci fa qui quel terash? -

- Dovresti avere più rispetto per la nobiltà… -

- Nobiltà?! - esclamò Faidon sforzandosi di sorridere e scuotendo vigorosamente il capo. - Sackville ha solo il titolo: non è altro che un ottuso damerino che ha la fortuna di avere un fratello che lo mantiene. La nobiltà si misura in ben altro modo -.

- Beh, comunque da qualche tempo sembra che abbia trovato qualcun altro da cui farsi mantenere… -

Faidon fissò l'amico cercando di controllare la collera che sentiva montare dentro di sé. Poi gettò il dossier nelle mani di Doyner raccomandandosi di lasciarglielo nel suo studio, e si diresse a grandi passi verso l'ingresso della Sala del Trono.

Tutti si bloccarono e si inchinarono quando il Gran Cerimoniere annunciò l'arrivo dell'Imperatore, ma Faidon, ignorando l'etichetta, interruppe la declamazione dei suoi titoli invitando tutti gli ospiti a rialzarsi.

- Sono molto stanco - si giustificò. - Il viaggio è stato lungo e faticoso, e i miei medici mi hanno suggerito di non affaticarmi: perciò, benché a malincuore, non potrò prendere parte alle danze... -

Un mormorio di stupore e di scontento si diffuse fra gli invitati quando udirono queste parole, ma l'Imperatore non ci fece caso.

- Ma non potevo certo ritirarmi - proseguì, - senza aver prima salutato la mia dolce consorte, e senza averla ringraziata per aver organizzato questa splendida cerimonia in mio onore e, soprattutto, per aver scelto di passare accanto a me ogni giorno della sua vita -.

Mailynn arrossì mentre un lungo applauso partiva spontaneamente dai nobili della Corte. Faidon cercò Sackville con la coda dell'occhio, e vide che anche lui batteva le mani in modo apparentemente convinto. Mailynn sussurrò all'orecchio del marito un "Grazie" seguito da un "Ti amo", poi prese la parola:

- L'Imperatore sa bene quali effetti mi provochi il suo astuto quanto gradito romanticismo... ciononostante, mi permetto di insistere perché si unisca a noi almeno per un ballo -.

Mailynn si voltò a fissare il marito che scuoteva leggermente la testa sorridendo, e gli prese le mani fra le sue mentre i nobili lasciavano il centro della sala in modo che la Coppia Imperiale potesse aprire le danze.

- Sei un'adorabile streghetta... - sussurrò Faidon a Mailynn. - Ma forse è per questo che ti amo... -

L'Imperatrice sorrise, poi si voltò verso il direttore d'orchestra:

- Maestro! Strauss, per favore: mio marito è un amante dei classici... -

Le note del "Bel Danubio Blu" iniziarono a librarsi nell'aria morbide e leggere come un soffio di vento che non scuote le montagne, ma sa scaldare i cuori in un brivido ardente di eccitazione e tenerezza. Figure e giravolte si susseguivano veloci rapendo le anime in un turbinio di colori e di emozioni e, quando la musica si dissolse nella grande stanza, non vi fu alcuno che non si sentisse improvvisamente più povero, come se nel suo cuore fosse scomparsa d'incanto una stella che il cielo avesse rapito, o un fuoco che la notte avesse spento troppo in fretta.

Faidon si diresse verso il suo trono accompagnando Mailynn, che si sedette accanto a lui e fece un cenno agli orchestrali perché riprendessero a suonare.

- Sono contenta che alla fine tu sia venuto - sussurrò l'Imperatrice.

- Non potevo lasciare che tu passassi la serata con un sovversivo... -

Mailynn fissò il marito senza capire.

- Un... un sovversivo?! -

- Questo non te l'ha detto, il "tuo" Duca? Eh già, avrebbe potuto costargli il vitto e l'alloggio gratuiti... -

- Ma di che cosa stai parlando?! Ti vuoi spiegare? -

- Sembra che ci sia il "caro" Klem dietro ai ribelli che stanno dando così tanto filo da torcere a suo fratello Viktor... A quanto pare, forse per pura brama di potere il Duchino sta cercando di destabilizzare la monarchia, e non esita ad andare contro gli stessi interessi di suo fratello... -

Faidon si interruppe per osservare la reazione della moglie, e non poté fare a meno di sorridere compiaciuto quando scorse la fiamma di indignazione che bruciava in fondo agli occhi di Mailynn. Ma lo sguardo torvo che inaspettatamente gli rivolse l'Imperatrice gli spense subito qualsiasi manifestazione di orgoglio e di soddisfazione.

- Faidon Rayos dei Garidi! - lo apostrofò Mailynn, e con suo grande stupore l'Imperatore capì subito di essere nei guai, come sempre quando sua moglie pronunciava il suo nome per intero. - Non ci posso credere! -, esclamò lei, con la voce che le tremava per la rabbia. - Lo hai fatto spiare?! -

- Beh... - balbettò l'Imperatore, - "spiare" è una gran brutta parola... diciamo che l'ho fatto tenere sotto controllo -.

- E perché lo avresti fatto?! -

- Dovrò pur informarmi su chi frequenta la mia Corte, no? -

- Ma se fino a qualche minuto fa non sapevi neppure che fosse qui! -

Improvvisamente, la tensione sul volto di Mailynn parve dissiparsi, e riaffiorò d'incanto un sorriso.

- Che cosa c'è adesso? - chiese l'Imperatore, sempre più meravigliato.

- Faidon - disse Mailynn ridacchiando, - non sarai mica jando! -

- Cos... No! Jando, io?! Ma cosa... come... -

- Ahhh! Ora tutto si spiega! -

- Ma che... No! Cosa si spiega? Io... -

- Il mio jando... Dai, vieni qui -.

- Ma che jando! Io non sono jando! -

- Sì, certo... -

Mailynn sorrise compiaciuta e divertita, e tornò a concentrarsi sulle danze. Faidon provò invano a spiegare che non si trattava di gelosia, ma di puro e semplice patriottismo. Poi, vedendo che le sue argomentazioni non risultavano convincenti neppure per se stesso, decise di ritirarsi, diede un bacio a Mailynn pregandola di far sparire dalle sue dolci labbra il suo sorrisino ironico, si congedò dai nobili della Corte e lasciò la Sala del Trono.

Non aveva fatto che pochi passi, quando si ritrovò di nuovo davanti Doyner.

- Faidon! -, lo chiamò il Capo dell'ASSE.

Sembrava ansioso di dover discutere una qualche questione importante, ma l'Imperatore lo interruppe subito e, senza smettere di camminare nel corridoio parallelo alla Sala del Trono, domandò:

- Pensi che io sia jando? -

- Come?! - esclamò allibito il Capo dell'ASSE.

- Avanti, dimmelo: secondo te io sono jando?

- Solo della tua collezione di monete… -

- Doyner… -

- Qualcuno pensa che tu sia jando? -

- Così sembrerebbe… -

- Non c'entrerà mica la tua *dolce e tenera* metà?! -

- Guarda che potrebbe essere ancora nei paraggi… -

- E tutto per quell'innocente scherzetto del dossier?! -

- Non è incredibile?! - esclamò Faidon arrestandosi di colpo a metà della scalinata e fissando l'amico con occhi sgranati.

- Beh… - fece Doyner dopo un attimo di esitazione, cercando di trattenere una risatina, - non era mica jandert… -

- No che non lo era! - esclamò ancora l'Imperatore, riprendendo a salire i gradini. - Se fossi jando di quella viscida ameba in forma di Duca non ti avrei ordinato di indagare su di lui, ma di farlo sparire con discrezione, magari in uno *sfortunato incidente*! -

- Chi era Otello al tuo confronto…? -

- Quindi non sono jando -.

- No, direi di no -.

- Bene! - esclamò Faidon fermandosi di fronte alla porta del suo studio al primo piano. - Volevi dirmi qualcosa? -

- In effetti sì, ma forse… sarebbe meglio entrare… -

Il tono estremamente serio assunto all'improvviso dal Capo dell'ASSE colpì e preoccupò molto Faidon, che posò subito la mano sul terzo pannello di legno da destra della terza fila a partire dall'alto. Una volta effettuato il riconoscimento, l'Imperatore lasciò che l'amico entrasse per primo nel suo studio, poi lo seguì richiudendo la porta alle proprie spalle, pregò Doyner di accomodarsi su una fass-verter, si sedette alla propria scrivania e chiese in tono relativamente calmo:

- Allora? Cos'è successo? -

Il Capo dell'ASSE sospirò.

- Si tratta di Frosten -, rispose poi. - Sembra che sia stato avvistato -.

- Bene! Così non potrai più dire di non sapere da che parte cominciare con lui... -

Doyner accennò un lieve sorriso.

- Sai qual è il luogo del presunto avvistamento? - chiese sforzandosi di non lasciar trasparire la propria preoccupazione.

Faidon scosse la testa.

- Primo quadrante, ventunesimo sistema - replicò in fretta il Capo dell'ASSE.

L'Imperatore fece mente locale per qualche istante.

- Ma è praticamente qua dietro! -, esclamò poi. - Il ventunesimo è un sistema periferico, a due passi da... -

Faidon si bloccò istantaneamente restando come pietrificato, a bocca semiaperta, mentre Doyner annuiva gravemente.

- Milos - concluse il Capo dell'ASSE. - L'ultima tappa del tuo viaggio più recente -.

L'Imperatore soppesò attentamente le parole dell'amico.

- Non è riuscito a colpire, però -, fece notare.

- Può darsi che stia ancora preparando la sua azione - ipotizzò Doyner, - ma non è questo che mi preoccupa -.

- Che cosa, allora? -

- Le rotte dei viaggi ufficiali sono segrete, ma a quanto pare Frosten conosceva in anticipo la tua ultima destinazione... E questo può voler dire soltanto una cosa... -

Anche se il Capo dell'ASSE non terminò la frase, il pensiero di Faidon volò subito a quella sera di undici anni prima, quando aveva annunciato davanti ai membri del Gran Consiglio la rotta che intendeva seguire per poter sferrare l'attacco contro il Generale Keris, per poi trovarsi in una trappola mortale a cui era riuscito a sottrarsi sfruttando la forza attrattiva di un buco nero. Da allora, l'Imperatore non era mai riuscito a dissipare il dubbio che una delle più alte cariche dello Stato fosse in realtà una spia di Tares Ybil, forse lo stesso uomo senza volto.

- Frosten deve avere un contatto qui su Astragon - concluse Doyner. - Chi sia, però, non te lo so dire -.

Faidon annuì.

- Avete già pensato a qualcuno in particolare? - chiese.

- Abbiamo stilato un intero elenco di nomi - rispose il Capo dell'ASSE ridacchiando. - Uno meno probabile dell'altro... -

Faidon sorrise scuotendo la testa. In quel momento gli sovvenne che anche Parsell stava conducendo delle indagini parallele, e si incupì al pensiero che il Comandante delle Guardie, come aveva affermato in vari fascicoli che gli aveva trasmesso, sospettava fortemente di Jordan, che di Frosten era stato un grande amico.

L'Imperatore scosse di nuovo la testa, cercando di scacciare quella che per lui non era altro che un'assurdità. Poi, d'improvviso rimase folgorato da un'intuizione dettata probabilmente dal risentimento più che dalla ragione, ma che in fondo poteva contenere un barlume di verosimiglianza.

- Sackville? - domandò in un tono che si sforzò di far sembrare distratto e noncurante.

Doyner annuì gravemente.

- È in cima alla lista, e non solo per il sostegno che sembra stia offrendo alla rivolta antimperiale di Pherr, che comunque basterebbe a includerlo in ogni elenco di sospettati dell'Impero... C'è dell'altro: la ripresa delle *attività* di Frosten è praticamente concisa con l'arrivo a Corte del tuo caro Duca. Potrebbe essere un dettaglio irrilevante, ma se *per disgrazia* dovesse emergere dell'altro... tre indizi fanno una prova, no? Diventerebbe difficile poter continuare a parlare di mere coincidenze... -

L'Imperatore annuì, cercando a fatica di contenere la propria soddisfazione.

- Cosa suggerisci di fare, allora? - chiese poi.

- Non partire -.

- E sei proprio tu a dirmelo?! -

- Hai ragione, ma allora non adesso… Rimanda! È troppo pericoloso ora, lo capisci? -

L'Imperatore abbassò lo sguardo e tirò un lungo sospiro. Doyner sorrise, si alzò dalla fass-verter e gli diede una pacca sulla spalla.

- È la giusta decisione -, disse convinto. Poi riprese a sfoggiare il suo abituale sorriso sfrontato. - E, nel frattempo, visto che tu non bevi, non fumi, insomma sei puro e, per il momento, anche casto… -

- Doyner… -

- …perché non vieni a rilassarti un po' con me nella "Tarten Halle"? -

Faidon scosse la testa sorridendo. Poi fissò profondamente l'amico e disse:

- È bello essere di nuovo a casa -.

X.

- Ma guarda: i Quattro Cavalieri dell'Apocalisse! E dove ve ne andate con quell'aria così furtiva? -

Kyril si fermò e si voltò di scatto, subito imitato dai suoi tre compagni. A pochi passi di distanza, il suo rivale Spike Henryk lo scrutava con un sorriso beffardo stampato sul volto tondo e grasso, i piccoli occhi maligni che sprizzavano veleno da sotto gli occhiali con la sottile montatura in poligen. Accanto a lui, Scylla Padge ridacchiava sguaiatamente assieme a Petula Toody, l'una alta e robusta, con corti capelli rossi ed occhi marroni, l'altra piccola e mingherlina, dagli zigomi sporgenti e dai lunghi capelli neri, lo stesso colore degli occhi.

- Fatti gli affari tuoi, Henryk! - sbottò Kyril. - Da quando in qua sei diventato il nostro beja? -

- E poi - continuò Dwight, - l'aria furtiva non è una vostra patena? -

- Vi conviene stare attenti! - esclamò Spike.

Ma i quattro amici gli avevano già voltato le spalle, lasciandolo a proferire avvisi e minacce che li lasciarono perfettamente indifferenti.

- A proposito - domandò Hyles, - dove stiamo andando? -

- Aspetta e vedrai - rispose Rigel sfoggiando un gran sorriso.

Era una bella giornata di sole quel sabato mattina, ed anche se ormai era quasi finito novembre il lieve tepore che li avvolgeva richiamava alla mente le prime giornate di primavera. Non essendovi lezioni nei week-end, molti ragazzi ne approfittavano per anticiparsi i compiti della settimana successiva o, in alternativa, andavano a divertirsi nella "Ran-Lithia", la "Cittadella dello Sport", un enorme complesso che comprendeva svariate palestre e numerosi campi e campetti dove era possibile praticare qualsiasi tipo di attività fisica.

Quella mattina, dietro insistenza di Rigel, Kyril e Dwight avevano acconsentito a portare con sé anche Hyles, che da qualche tempo si stava sforzando di soffocare la sua indole timida e introversa per aprirsi alla conoscenza dei suoi nuovi compagni. I quattro ragazzi uscirono dal retro dell'Hurn-Lith e si diressero a nord, in direzione dei Monti Leukon, perennemente innevati, che incorniciavano all'orizzonte il grande complesso sportivo, e costeggiarono i campi da calcio, calcetto e tennis e le palestre di body-building, fino a raggiungere l'area dove sorgevano i circuiti per gli astroscooter, riservati a chi avesse almeno quattordici anni, nonché, ma solo per chi avesse già compiuto diciassette anni e fosse stato in possesso del regolare patentino, le piste per le astronavi.

- Che cosa ci facciamo qui? - chiese Hyles, incuriosito.

- Non ti piacerebbe salire su un astroscooter? - replicò maliziosamente Rigel.

- Che cosa?! Ma non è proibito a chi ha meno di quattordici anni? Non ci cacceremo in un mare di guai? -

- Secondo te - si inserì Kyril, - è la prima volta che lo facciamo? -

Il figlio di Doyner gli strizzò l'occhio e gli rivolse un gran sorriso, poi si incamminò in direzione del circuito.

- D'accordo - proseguì Hyles raggiungendolo, - ma come facciamo a ingannare gli inservienti e a entrare in pista? Si vede che non abbiamo l'età adatta per... -

- Non dobbiamo mica andare sulla pista... -

Hyles si arrestò di scatto.

- Che cosa?! - esclamò. - Ma non avevate detto... -

- Via, Hyles! - lo interruppe Rigel. - Non crederai davvero che possiamo eludere la sorveglianza! Sarebbe troppo perfino per noi! -

- E allora come...? -

- Vedi, Hyles - spiegò Kyril, - alcuni astroscooter vengono tenuti in uno spiazzo esterno rispetto alle piste, affidati alle cure e alla manutenzione di un nukta davvero straordinario -.

- Che, guarda caso - riprese Rigel strizzando a sua volta l'occhio al compagno, - è diventato subito nostro amico -.

- Mi state dicendo che questo nukta ci fornirà gli astroscooter?! E perché mai dovrebbe farlo?! -

- Beh... - ridacchiò Dwight, - diciamo che non è troppo soddisfatto della sua paga... -

- Oh, eccolo! - esclamò Kyril indicando un giovane sui vent'anni in tuta blu che usciva dalla porta di una grande zathra.

- Ehi, ragazzi! - li salutò il giovane agitando il braccio. - Oggi quattro? -

Per la verità Hyles non era molto convinto, ma non fece in tempo neppure ad accennare un'obiezione che già Kyril aveva risposto in modo affermativo e si era fiondato dritto verso un astroscooter verde: qualche istante dopo, sia lui che Dwight e Rigel volavano a mezz'aria sopra al sentiero di terra battuta che collegava tra loro i campi ed i circuiti.

- Coraggio, Hyles! - lo incitò Rigel atterrando accanto a lui, subito imitato da Kyril e Dwight.

- Ma non sono capace... -

- Non è difficile -.

"R 'n B" scese dal suo astroscooter ed invitò l'amico a provarlo. Vinte le sue iniziali resistenze, Hyles accettò di salirvi ma senza toccare nulla, ed ascoltò attentamente mentre il biondino gli spiegava il funzionamento dei vari tasti, quello per l'accensione del motore, quello per l'accelerazione, quello per l'elevazione, quello per la decelerazione e quello per lo spegnimento. Hyles mostrò subito di aver appreso la lezione teorica, tuttavia appariva ancora molto restio a fare anche il minimo tentativo con la pratica.

- E se non ci riesco? -, chiedeva in tono sconsolato. - O se sbaglio e cado, o vado a sbattere contro un albero? -

Rigel sorrise.

- Sai… mi ricordo che una volta… qualche anno fa… mio padre mi aveva portato a fare una gita in campagna… sai… in mezzo alla natura… ai campi coltivati… alle spighe di grano… avrò avuto cinque, sei anni…

A un certo punto… mentre mio padre mi teneva in braccio… allungai le mani verso il ramo di un albero…

"Che cosa c'è?", mi domandò mio padre. "Vuoi salire?"

E mi issò verso quel ramo… in alto… troppo in alto per un bambinetto com'ero allora… mi misi a piangere… urlavo che non volevo… che avevo paura…

"E se non ci riesco?", gridavo. "Se cado e mi faccio male?" -

Rigel fece una pausa strategica, in modo da far crescere la curiosità. Fissò intensamente Hyles.

- Lo sai cosa mi rispose mio padre? - gli domandò.

Il ragazzino scosse la testa. Rigel sorrise.

- Mi rispose: "Sbaglia pure, se devi: l'importante… è che non si dica che non ci hai provato…" -

Il biondino tacque, e per qualche istante restò immerso nel fiume vorticoso dei suoi pensieri.

- E allora che cosa hai fatto? - gli chiese Hyles.

"R 'n B" si riscosse. Sorrise di nuovo.

- Ho afferrato il ramo di quell'albero - rispose, - ed ho iniziato ad arrampicarmi... Ma, soprattutto, ho imparato che non bisogna mai cedere alle proprie paure... che bisogna trovare dentro di sé il coraggio per superarle... e che ognuna di queste piccole vittorie personali ci aiuta a crescere molto di più che non quegli stupidi libri o le lezioni di qualunque professore... -

Hyles degluti, e poi tornò a fissare i comandi del suo astroscooter. Si girò ancora verso Rigel, che gli rivolse un cenno d'assenso accompagnato da un sorriso incoraggiante. Hyles annuì, si mise in testa il casco e poi premette il tasto dell'accensione. Qualche secondo dopo, anche lui volava felice a mezz'aria, circondato dai veicoli dei suoi tre amici.

XI.

Lo studio di Faidon era avvolto da una soffusa penombra mentre l'Imperatore, ignorando le carte e le scartoffie accumulatesi sulla sua scrivania, osservava con lo sguardo quasi perso nel vuoto il lettore olografico posto sulla sua scrivania. Sospirò. Chiuse gli occhi, soffermandosi per qualche istante ad ascoltare i rapidi battiti del suo cuore. Sorrise quasi inconsciamente mentre i suoni provenienti dal portatile riempivano la stanza: grida, battute, sonore risate, echi di voci bianche, così vicine eppure così lontane... Scosse la testa.

"Piccolo meda..." pensò.

E non poté fare a meno di lasciarsi andare a una fragorosa risata. Non si accorse neppure di quando Doyner aprì leggermente la porta della stanza e si affacciò appena, cogliendo l'Imperatore in preda a quell'incontenibile scoppio di ilarità. Il Capo dell'ASSE, che stava portando all'amico un voluminoso incarto servendosi di una sorta di torcia i cui raggi permettevano all'oggetto da essi colpito di levitare, ridacchiò divertito prima di decidere di far notare all'Imperatore la propria presenza.

- Faidon! Buo... -

Si bloccò di scatto non appena vide che l'amico, accortosi della sua presenza, si era sbrigato a interrompere il contatto e, tossicchiando, aveva preso a leggere un foglio di carta con degli appunti.

- Faidon! - esclamò il Capo dell'ASSE quasi incredulo, riponendo meccanicamente in tasca la fasser-kida e facendo così cadere l'incarto. - Non... non dirmi che stavi... -

- Buongiorno anche a te, Doyner. Come mai così mattiniero? -

- Non cambiare discorso, Faidon! Avevi promesso che non lo avresti più fatto! -

L'Imperatore sbuffò.

- Lo so, ma... -

- Ti rendi conto che così li metti in pericolo tutti e due?! -

Faidon abbassò lo sguardo, poi si coprì il volto con le mani e trasse un lungo sospiro. Scosse vigorosamente la testa.

- Lo so... lo so ma... a volte... è così difficile... -

Doyner sospirò. Poi girò intorno alla scrivania per poter abbracciare l'amico.

- Faidon… lo so che è dura… sentiamo tutti la sua mancanza… ma… era la cosa migliore per lui… lì è al sicuro… -

- Lo so ma… -

- Ehi… - lo interruppe il Capo dell'ASSE fissandolo intensamente negli occhi, - l'ultima cosa che dobbiamo fare è rischiare che venga scoperto: finché la sua identità resta segreta, Lorin non corre alcun pericolo. Lo capisci questo? -

Faidon si morse le labbra. Nonostante il tono paterno di Doyner gli ricordasse ciò che sapeva perfettamente, e cioè di essere in torto, nel suo cuore il sentimento continuava a combattere con la ragione, e ciò che era giusto lottava ancora contro quello che sembrava poter lenire, anche solo per un istante, il dolore e la solitudine che laceravano la sua anima.

- Scusami - disse l'Imperatore in un soffio. - Scusami ma… a volte… mi sento così solo… -

Doyner gettò sulla scrivania il suo cappello scuro a tesa larga, poi diede una pacca sulla spalla all'amico.

- Confidati con Mailynn - sussurrò.

- Non posso… -

- Ancora ti tiene il broncio?! -

Faidon annuì mordendosi le labbra.

- Ormai si rifiuta di parlarmi… Quando vado nella Sala del Trono fa finta di non vedermi… Da qualche tempo dormiamo perfino separati, sai? -

Il Capo dell'ASSE abbracciò forte l'amico.

- Dalle tempo... - suggerì. - Anche lei sta soffrendo come te... forse perfino di più... Ne avete passate tante... supererete anche questa... -

Doyner sorrise, e Faidon annuì senza troppa convinzione.

- Volevi qualcosa? - domandò poi l'Imperatore.

Il Capo dell'ASSE annuì, ritirò fuori dalla tasca la fasser-kida e la puntò contro l'incarto che era rimasto a terra sulla soglia della stanza, facendolo sollevare dal pavimento e galleggiare nell'aria per poi farlo planare dolcemente sulla scrivania di Faidon.

- Ingegnoso - commentò l'Imperatore.

- Me l'ha data Hyrvik - replicò il Capo dell'ASSE mostrandogli la fasser-kida. - È molto utile, soprattutto per chi come me ha una spiccata attitudine per i lavori pesanti... -

Faidon preferì sorvolare sul concetto del tutto personale che Doyner aveva di "lavoro pesante", concentrandosi piuttosto sul fascicolo che ora aveva davanti agli occhi.

- Di che si tratta? - domandò.

Doyner sospirò.

- È il dossier sul Gran Consiglio - rispose.

L'Imperatore sgranò gli occhi, e il Capo dell'ASSE annuì e poi riprese:

- Ormai credo che non potrebbe essere più completo... dopo undici anni di indagini... E... l'ultimo capitolo riguarda... me -.

Faidon credette di non aver capito.

- Che cosa hai detto?! - domandò.

Doyner annuì, e sospirò di nuovo.

- Dietro mio ordine, un mio uomo ha chiesto a degli esterni di compiere un'approfondita indagine sul mio conto. Quando ho ricevuto la pratica l'ho messa in fondo senza neanche guardarla -.

- Doyner, è ridicolo: a parte il fatto che mi fido di te come di me stesso, tu non eri nemmeno in Gran Consiglio, quella sera -.

- Lo so... ma ho ritenuto che fosse giusto così -.

Per un attimo Faidon fissò il suo migliore amico, e si sentì pervaso da un sentimento di ammirazione che non aveva mai provato prima, salvo forse per suo padre, e per Trevor, l'amico che si era sacrificato per lui undici anni prima.

- Va bene - disse annuendo, - va bene: tanto dubito che potrei trovarci qualcosa di diverso da quanto già so... -

Il Capo dell'ASSE sorrise.

- Ognuno nasconde qualche segreto - a parte naturalmente Eumen, l'*irreprensibile* Eumen... - e, anche se queste "ombre" potrebbero non avere alcuna importanza, credo che sia tu a dover giudicare -.

- C'è per caso qualche tuo segreto di cui non sono a conoscenza? - chiese ironicamente l'Imperatore.

- Chissà... - replicò Doyner sorridendo. - A volte si commettono così tanti sbagli che si fatica a tenerne il conto... In ogni caso, troverai tutto là dentro -.

Tu lo hai già... sfogliato? -

- Beh... - fece il Capo dell'ASSE in tono malizioso, - diciamo che... in via del tutto confidenziale... mi sono permesso... ma con discrezione, eh... di... -

- Ho capito: puoi farmi un rapido e "discreto" riassunto dei segretucci dei tuoi colleghi? -

Doyner sorrise come un bambino a cui era stato concesso di assaggiare il suo dolce preferito.

- Quindi posso sorvolare sui miei? - domandò con gli occhi che gli brillavano.

- A meno che tu non voglia stare chiuso qui tutto il giorno... -

- Mi basterebbe poter uscire per la notte... -

- Doyner... -

- In realtà a me non sono sembrate macchie così eclatanti... per lo meno, non tanto da poter identificare alcun membro del Gran Consiglio come complice di Tares Ybil, tantomeno come l'Uomo Senza Volto.

Zoxl, quando era soldato semplice, venne accusato di omicidio nei confronti di un commilitone: sembra fosse scoppiata una rissa generale in una sera in cui un po' di teste calde erano in licenza e ne avevano approfittato per ubriacarsi... e uno di quei ragazzi si beccò una bottiglia in piena testa... L'ho sempre detto, io, che il vino fa male... -

- Da che pulpito... -

Il Capo dell'ASSE ridacchiò divertito.

- Comunque - riprese poi, - l'inchiesta che ne seguì non riuscì a chiarire esattamente cosa accadde, e quindi Zoxl la passò liscia, anche se certo un'onta del genere... -

- Doyner... -

- Sì? -

- Potresti astenerti dai commenti, in particolar modo quando ti senti particolarmente coinvolto? -

- Chissà... se mi ci mettessi, potrei anche farcela... Comunque, nel passato di Zoxl non ci sono altri punti oscuri... -

Il Capo dell'ASSE fu tentato di aggiungere un "purtroppo" ma, anche alla luce della precedente richiesta dell'amico, alla fine preferì tenerlo per sé.

- Invece - proseguì poi, - nel passato di Wallun di ombre ce ne sono fin troppe... il guaio è che non si è mai potuto provare niente, e tutte le accuse rivolte contro di lui si sono rivelate vane e inconsistenti... -

- A cosa ti riferisci? -

- Alle sue manovre politiche: ogni suo passo, ogni gradino che ascendeva nella sua lenta ma inesorabile salita verso le vette del potere era contrassegnato da un alone di mistero... sembra che i suoi primi brogli risalgano addirittura a quando era assessore comunale a Gobleth... una vita fa, praticamente: sapevi che era entrato in politica giovanissimo e che ha anche stabilito dei record di precocità? Ha sempre avuto gli agganci giusti... del resto, guardalo adesso: cinque volte Presidente del Senato, aggirando la norma che lo avrebbe obbligato a lasciare la carica al termine del secondo mandato... Ma nessuno è mai riuscito ad incastrarlo, e tutte le sue azioni hanno la parvenza della legalità... -

Faidon sembrò riflettere profondamente sulle parole dell'amico, ma non replicò, lasciando che Doyner ultimasse la sua esposizione.

- Hyrvik è quello con il passato più immacolato, ed anzi la sua storia sembra quasi una favola moderna: da anonimo jarsa dell'Università di Pylo a genio politico, con il Rettore di allora che lo sponsorizzò presso tuo nonno, sotto il cui Impero iniziò la scalata del futuro Consigliere Supremo... Da film, no? -

- Già... - sussurrò l'Imperatore senza troppa convinzione.

- E in vecchiaia è sopraggiunta anche un'improvvisa passione per la scienza! -

- Una passione quanto mai opportuna, visto che sono stati i suoi laboratori a svelare il mistero della flotta fantasma -.

Doyner annuì. Ricordava bene come, dopo due anni di insuccessi da parte dei luminari di Astragon, erano stati proprio gli scienziati alle dipendenze di Hyrvik a scoprire che le navicelle di Vainomed erano state ricoperte da un sottilissimo strato di una particolare vernice in grado di assorbire la radiazione, rendendo così le astronavi invisibili ai radar.

- E poi - sospirò, - c'è la parte che riguarda me... -

- Che sarà anche quella che gusterò maggiormente... -

- Se credi... Io penso che andrò a gustare qualcos'altro... -

- Sta' attento a non ingrassare... -

- Non preoccuparti, non c'è pericolo: anzi, la cucina di cui mi servo io fa persino dimagrire... -

- Anche tenersi leggero ogni tanto fa dimagrire… -

- Odio le diete… -

Doyner fece una faccia così sconsolata che Faidon non riuscì più a trattenersi, e scoppiò a ridere scuotendo vigorosamente la testa.

- Sono impagabile, eh? - disse poi il Capo dell'ASSE.

- Tu hai sbagliato mestiere… dovevi fare il comico… -

- Lo so: il Teatro rimpiange ancora la perdita di un così così grande attore… -

- Immagino… però ti avrei visto particolarmente bene come Cicerone, visto l'allenamento a cui sottoponi la tua lingua… -

- C'è un doppio senso nascosto? -

- Doyner… -

- Sai che da piccolo volevo fare il ballerino di danza classica? -

- Al massimo avresti potuto aspirare alla "panza classica"… -

- Era una tecnica per poter conoscere le ballerine… -

- Comunque devo riconoscere che la calzamaglia nera ti avrebbe donato… -

- Tanto il nero va su tutto, no? -

- Proprio come qualcuno di mia conoscenza… -

Il Capo dell'ASSE sorrise, quasi compiaciuto.

- Touché - disse. - Ora però scusami, ma devo proprio andare: non vorrei che il… pranzo mi si raffreddasse… -

Il Capo dell'ASSE fece un profondo inchino, poi afferrò dalla scrivania il cappello e se lo sistemò sulla testa facendo l'occhiolino all'amico prima di uscire dalla stanza, lasciando l'Imperatore a scuotere la testa divertito. Poi, facendosi più serio, Faidon prese la pesante cartella che Doyner gli aveva lasciato ed iniziò a leggerne attentamente le prime righe, pregando in cuor suo di essersi sbagliato, e non di riuscire a trovare alcuna prova che dimostrasse che uno dei suoi più stretti collaboratori era, in realtà, un traditore.

XII.

Tutte le ragazze che frequentavano l'Hurn-Lith concordavano sul fatto che, se fosse stato bandito il concorso di Mister Uniland, il premio non sarebbe potuto andare che a Brian Adoon, il giovane assistente della Professoressa di Lingua e Grammatica Astragonese Esmeralda Syren.

Per questo motivo ogni sabato mattina fuori dallo studio del giovane si accalcavano studentesse di ogni età, ansiose di conoscere la distinzione tra apposizione ed attributo o tra predicato verbale e nominale (le più piccole), o bramose di sottoporre al controllo di Adoon le frasi ed i periodi che avevano analizzato, o i temi che avevano composto (le più grandi).

Esattamente per lo stesso motivo, ormai da qualche settimana il sabato mattina tutti i ragazzi abbandonavano i libri e disertavano la Biblioteca Virtuale per andare a sfogare le proprie crisi di gelosia e frustrazione nella Ran-Lithia.

Era il primo sabato dopo le vacanze di Natale, che la quasi totalità dei ragazzi aveva trascorso in famiglia - tra coloro che invece erano rimasti su Uniland vi erano Kyril, Dwight, Rigel e Hyles -.

Stella, che aveva accompagnato le sue amiche da Adoon, si stancò ben presto della lunga attesa dovuta all'interminabile fila di ammiratrici del giovane, perciò decise di andarsene e di raggiungere quelli che erano ormai comunemente definiti come i Quattro Cavalieri dell'Apocalisse.

Poiché la neve aveva avvolto le strade con il suo candido mantello, rendendole impraticabili, la ragazza si diresse verso il lungo corridoio su cui si affacciavano gli studi dei vari professori, e che terminava con una scala di pietra che conduceva nei sotterranei: Stella si ritrovò in un ambiente immenso, costruito su quattro archi di pietra che si riunivano formando un soffitto a cupola, da cui si diramavano i quattro corridoi che costituivano il cosiddetto "Labirinto di Uniland". Nessuno sapeva dove portavano, né che cosa fosse nascosto nelle viscere del pianeta: si favoleggiava di tesori inimmaginabili, difesi però da trappole ed enigmi che solo un esperto cacciatore di reliquie sarebbe forse stato in grado di eludere.

A protezione dei soma, gli ingressi dei quattro corridoi erano stati sbarrati centinaia di anni prima, e in ogni caso in genere c'era sempre qualche professore ad accompagnare gli alunni, per evitare che qualche sventato potesse arrischiarsi a tentare improbabili sortite di cui poi si sarebbe certamente pentito.

Stella si guardò attorno, ma non vide nessuno. Sospirò pensando che, se una simile occasione fosse capitata ai suoi amici, sicuramente avrebbero trovato il modo di cacciarsi in qualche brutto guaio, dal momento che erano già riusciti a procurarsi le chiavi di accesso al Labirinto. In effetti, per un attimo anche lei si era lasciata cullare dal pensiero del brivido dell'ignoto, ma subito la ragione aveva ripreso il sopravvento, e Stella attraversò decisa la stanza per imboccare l'accesso dell'unico corridoio praticabile, quello che conduceva alla Ran-Lithia.

Percorse una grande distanza prima che la luce artificiale, emessa attraverso statue di invisiblina, illuminasse l'indicazione che la ragazza attendeva. A quel punto, Stella svoltò in un breve corridoio laterale che la portò ad una nuova scala di pietra, stavolta ascendente, che le permise di raggiungere finalmente la sua meta.

Per un attimo, Stella si guardò attorno, spaesata: l'intera Ran-Lithia era sovrastata da un'immensa cupola di un materiale trasparente che veniva eretta d'inverno per proteggere le superfici dei vari campi, e che infondeva al grande complesso sportivo un aspetto tetro e spettrale.

Finalmente, la ragazza riuscì a ritrovare l'orientamento, e poté aggirare la pista di atletica e costeggiare le palestre di body building fino a raggiungere il complesso dei campi da tennis, di cui i primi erano in erba ed erano seguiti da quelli in terra rossa, poi da quelli in cemento, e infine da quelli in sintetico. Stella sapeva bene dove dirigersi, dal momento che tutti e quattro i suoi compagni avevano già mostrato in passato una preferenza per le superfici veloci. La ragazza raggiunse le tribune della "Roger Federer Arena" proprio mentre Rigel, dopo essersi aperto il campo con un magnifico rovescio lungo linea, chiudeva il punto con una superba volée, conquistando l'ennesimo break della partita e guadagnandosi la possibilità di andare a servire per il match contro Kyril dopo il cambio di campo.

Stella andò a sedersi accanto ad Hyles, che guardava da solo l'incontro sugli spalti.

- Ciao - fece la ragazza.

- Ciao - rispose Hyles con un sorriso.

- Tu non giochi? -

- Stiamo facendo un ledda - spiegò il ragazzo, - e questa è la finale. Io e Dwight abbiamo perso in semifinale… -

- E lui dov'è, adesso? -

- Sotto la doccia. Non è uno che accetta facilmente la sconfitta… -

Stella annuì. Dal campo arrivò secco il "Come on!" di Rigel che aveva messo a segno il tredicesimo ace della partita.

- È molto bravo - commentò Stella.

- È il migliore - affermò convinto Hyles. - Finora non ha mai perso un incontro -.

Stella lo fissò intensamente.

- Non mi piace chi vince troppo - disse in tono distratto. - È il miglior modo per diventare arroganti, e antipatici. No, decisamente io preferisco chi magari perde, ma sa rendersi simpatico -.

Hyles si girò a guardarla, ma Stella aveva ripreso ad osservare l'incontro. Il ragazzo si morse il labbro inferiore, riflettendo sulle parole dell'amica.

- Come on! - gridò ancora Rigel. Ora era a due punti dal match.

- Guardalo - sussurrò la ragazza, divertita. - Mostra anche i muscoli… Scommetto che tu non saresti da meno -.

Hyles la fissò quasi sconcertato, e per tutta risposta Stella gli tirò su la manica della camicia e gli disse di piegare il braccio destro, poi si mise a tastare i suoi bicipiti mentre il volto del ragazzo diveniva paonazzo.

- Lo dicevo, io - affermò poi. - Non hai proprio niente da invidiargli -.

Hyles si sentì avvampare mentre la scrutava: era veramente bellissima, e ora era lì, accanto a lui, e forse… forse…

- Match point! -, gridò Rigel dal campo.

Facendosi coraggio, Hyles allungò la mano verso quella di Stella, dapprima sfiorandola appena, quasi che non l'avesse fatto apposta, e poi, vedendo che la ragazza non si mostrava infastidita, in modo più deciso, con tocchi morbidi e leggeri, carezze dolci e delicate come i tenui raggi del sole primaverile.

- Come on! - urlò per l'ultima volta Rigel.

Stella sorrise.

- Devo andare, adesso -.

Hyles annuì. La ragazza gli stampò un bacio sulla guancia prima di lasciare le tribune. Per un po' lui la guardò allontanarsi, poi raggiunse Rigel e Kyril sul campo.

- Allora? - domandò, dal momento che si era distratto nelle ultime fasi di gioco.

- Come "allora"?! - lo canzonò Rigel. - Ho vinto, no?
-

Hyles annuì ma, quando volse lo sguardo verso il corridoio che aveva inghiottito Stella, non poté fare a meno di sussurrare come tra sé:

- Ti sbagli… oggi… sono io che ho vinto… -

XIII.

Il Santo Padre Kristian III giunse di buon ora su Theodoron, il più piccolo dei pianeti del Sistema di Enchles, da sempre sede dei monaci Saviani. Accompagnato da una nutrita scorta di guardie svizzere, il Pontefice venne accolto in gran segreto dal priore, Frate Michele, con il quale si fermò a parlottare qualche minuto prima di farsi accompagnare verso le campagne.

Non fu un lungo percorso: dopo pochi minuti, infatti, Frate Michele indicò al Santo Padre una grande quercia, la più grande dell'intero sistema, solenne e maestosa nel suo protendere i propri rami verso il cielo. Fra le sue radici aveva offerto riparo ad un uomo raccolto in meditazione.

Kristian III sorrise, e fece un cenno alle guardie.

- Da qui procederò da solo -, affermò.

I soldati si misero sull'attenti, e lentamente si rincamminarono assieme a Frate Michele verso la sede della Compagnia dell'Immacolata.

Il Santo Padre, invece, avanzò lentamente e silenziosamente verso l'immenso albero ed il suo ospite. Giunto ormai a pochi passi, si fermò e chiamò l'uomo con voce tonante.

Faidon si voltò di scatto.

- Santità! - esclamò.

- Faidon! -

L'Imperatore balzò in piedi e corse dal Pontefice, inchinandosi per baciargli l'anello, ma Kristian III lo invitò a rialzarsi e lo abbracciò vigorosamente. Poi disse, in tono di finto rimprovero:

- Potevi dircelo, che eri in ritiro spirituale qui a due passi da Noi... Saremmo venuti a trovarti prima... -

- Non volevo disturbarvi, Santità... So quanto siete impegnato... -

- Mai abbastanza da negare un saluto ad un vecchio amico! -, esclamò sicuro il Santo Padre.

Faidon sorrise, ma era un sorriso carico di malinconia. Il Pontefice se ne accorse, e subito sul suo volto apparve un'espressione più grave.

- C'è qualcosa che ti turba? - domandò.

L'Imperatore scosse la testa.

- Gli occhi sono lo specchio dell'anima - insisté il Pontefice, - e nel tuo sguardo Noi non leggiamo altro che dolore, paura, preoccupazione -.

Faidon non rispose. Kristian III sorrise amabilmente, e gli batté una mano sulla spalla, invitandolo a muovere qualche passo assieme a lui.

- Che cos'è che ti turba? - chiese ancora il Santo Padre.

- Continuo a chiedermi - rispose finalmente Faidon, - se sia giusto riunire i *Sette Sigilli dell'Apocalisse...* Per la sicurezza del mio popolo, probabilmente sì... -

Si arrestò di colpo.

- Ma per la mia coscienza? - concluse, fissando intensamente il Pontefice.

Kristian III gli rivolse un sorriso carico d'affetto, poi gli si avvicinò e gli pose una mano sugli occhi.

- Ascolta, Faidon! Ascolta! Non pensare a nulla, e mettiti all'ascolto! Ascolta il vento che ti accarezza, ascolta il sole che ti dona il suo calore, ascolta il canto di quell'usignolo che ti abbraccia l'anima! Lo senti, Faidon, quel brivido dentro al tuo cuore?

Il Signore non ci parla nel tuono, amico mio, ma nella brezza! Non è nella potenza che si manifesta, ma nell'umiltà, nella semplicità, nelle piccole cose: il Signore è con te quando resti sveglio tutta la notte ad aspettare l'alba, e riesci ancora a sentir battere il tuo cuore per lo stupore... al miracolo di un nuovo giorno che nasce... il Signore è con te quando il tuo giovane paggio scivola con il vassoio della tua colazione mandando in frantumi tutte le tazzine e tu, anziché punirlo, scoppi a ridere e lo aiuti a sistemare il danno... -

Il Pontefice tolse la mano dagli occhi dell'Imperatore, e lo fissò profondamente.

- Il Signore è con te - concluse, - quando ti senti solo e abbandonato e all'improvviso ti arriva, inaspettato, il conforto di un amico...

Egli è la Via, la Verità e la Vita, Faidon! Tu conosci la Sua Verità e, se riuscirai ad ascoltare la Sua voce, saprai quale strada dovrai imboccare per poter scegliere la Sua Via! -

L'Imperatore lo fissò altrettanto intensamente.

- Una Via d'amore... - concluse il Santo Padre.

L'Imperatore si coprì il volto con le mani.

- Sono confuso - disse poi. - Si può amare anche nel dolore? -

Il Pontefice gli batté di nuovo una mano sulla spalla.

- Sei sicuro di non doverci chiedere nient'altro? - domandò.

Faidon abbassò lo sguardo.

- Mailynn crede che io sia geloso -.

- E non è così, giusto? -

Faidon stava per rispondere in modo affermativo, ma poi si rese conto che, per quanto riuscisse a mentire a se stesso, non avrebbe mai potuto fingere davanti al Sommo Pontefice.

- Ha ragione lei... -, ammise sconsolato.

Kristian III sorrise.

- In fondo -, disse, - la gelosia è un segno d'amore, poiché non si è gelosi di ciò che non si ama... tuttavia, significa anche mancanza di fiducia, che Noi riteniamo essere una qualità indispensabile in un rapporto di coppia -.

Il Santo Padre lo fissò profondamente, ma Faidon non riuscì a sostenere il suo sguardo. Dentro di sé provava una grande vergogna, eppure non riusciva ad allontanare dalla mente l'immagine dell'Imperatrice che scherzava con Sackville, così amabilmente... come se ci fosse stata veramente una grande sintonia fra di loro! Il Pontefice gli batté ancora una volta la mano sulla spalla, e lo fissò con un'espressione molto più grave.

- Non cedere mai al dolore, Faidon -, lo ammonì. - Esso è per la nostra anima quello che la zizzania è per un campo di grano: cresce senza che noi ce ne accorgiamo ma, se non la estirpiamo in tempo, rovinerà l'intero raccolto...

Il dolore genera l'odio, ed il risentimento, che ci allontanano dalla Via che il Cielo ha tracciato per noi. Ci sentiamo confusi, perduti, traditi, ed è allora che gridiamo al Signore tutta la nostra disperazione: perché ci hai abbandonato?

E non ci rendiamo conto che in realtà siamo noi ad allontanarci da Lui, che Cristo cammina sempre accanto a noi e che siamo noi a non voler ascoltare la Sua voce, il grido che Egli lanciò dalla Croce, e che ora rivolge alla nostra anima: lemà sabactanì? -

Faidon si passò una mano fra i capelli, lo sguardo basso e contrito.

- Che devo fare? - mormorò in un soffio.

Il Santo Padre gli sorrise e gli sussurrò dolcemente:

- Va' da lei, Faidon. Cerca di parlarle... -

- Ma lei non vuole ascoltarmi… -

- Insisti, amico mio, insisti! Anche lei sta soffrendo, come e più di te, per la mancanza di Lorin: ma se per te è sufficiente dissimulare l'angoscia in privato, Mailynn deve mostrarsi forte in pubblico…

Va' da lei e parlale, Faidon, ma soprattutto ascoltala! Sii l'amico più che il marito, il consolatore che possa aiutarla a dimenticare, anche solo per un attimo, il dolore e la preoccupazione… -

- Come posso fare? -

Il Sommo Pontefice sorrise.

- È facile, amico mio -, rispose. - Basta mettere da parte ogni rancore, e far trionfare quel dolce sentimento che è l'amore… Schiudile ancora una volta la via verso il tuo cuore, e vedrai che sarà lo Spirito stesso a guidare i tuoi passi, e a suggerirti le parole giuste… -

L'Imperatore annuì, e poi volse lo sguardo verso il cielo: da qualche parte, su un pianeta lontano, a una donna era appena sfuggita una lacrima.

XIV.

S1 aveva appena iniziato ad inabissarsi sotto l'orizzonte lontano, tingendo il cielo sopra Astragon dei mille colori dell'arcobaleno, quando la navicella di Faidon atterrò nell'astroporto del pianeta. L'Imperatore si fermò per qualche istante ad ammirare estasiato il colore rosso fuoco che lentamente sfumava verso un rosa tenue, irradiando le campagne circostanti di un'aura benefica, portatrice di pace e di speranza.

Nonostante la stanchezza del viaggio, Faidon si precipitò subito a Palazzo, ansioso di parlare con Mailynn: tuttavia, quando chiese di lei ai domestici, gli fu risposto che l'Imperatrice era appena partita per Ghalaqot, dove suo padre Jun-Gid era stato ricoverato in ospedale in seguito ad una crisi. Deluso e rassegnato, Faidon si chiuse nel suo studio, dove trovò ad attenderlo sulla scrivania un rapporto privato, evidentemente stilato da Doyner, che gli annunciava che i Servizi Segreti sembravano aver ragionevolmente individuato il luogo dove si trovava il quarto sigillo: Semel, trentaseiesimo quadrante, sedicesimo sistema, dodicesimo pianeta.

- Ho già avvertito Jordan - annunciò all'improvviso Doyner, facendo sobbalzare l'Imperatore.

- Da dove diavolo spunti, tu? - domandò Faidon, il cuore che gli martellava nel petto.

- Ti dimentichi che sono il Capo dei Servizi Segreti...
-

- Non sapevo che questo ti autorizzasse anche a rischiare di farmi venire un infarto... -

- Non succederebbe, se tu non avessi problemi di cuore... -

Benché Doyner fosse abituato a scherzare su tutto ciò riguardava entrambi, anche per stemperare eventuali tensioni, l'espressione cupa dell'amico gli fece subito capire che stavolta aveva esagerato.

- Scusami... - disse in tono improvvisamente grave. - Non succederà più... -

Faidon si limitò a fargli un cenno con la mano.

- Vengo adesso dalla Curia - disse poi il Capo dell'ASSE per cambiare argomento, - e, detto per inciso, non sarebbe male se ogni tanto ci facessi un salto anche tu... -

- Perché non gettarmi direttamente in un covo di vipere, allora? -

Doyner accennò un sorriso.

- La maggioranza ha deciso di puntare forte sul disegno di legge numero 74. Domani ci saranno le dichiarazioni di voto, ed io credo che faresti meglio ad essere presente -.

- Se ti riferisci alla "legge sul doppio accordo sociale", io… -

- Dovresti firmarla -.

Per un attimo, Faidon ebbe la sensazione di essere stato colpito da un fulmine.

- Che cosa?! -

- Ascoltami: la approveranno comunque, e oltre a questo i sondaggi dicono… -

L'Imperatore scoppiò improvvisamente a ridere, e per qualche istante il Capo dell'ASSE lo fissò perplesso.

- I sondaggi?! -, fece poi Faidon, trattenendo a stento le risa. - I sondaggi?! Tu vorresti convincermi a firmare quella legge ignobile parlandomi dei sondaggi?! -

- E perché no? I sondaggi sono rappresentativi di un campione variegato della popolazione che… -

- Ma non farmi ridere! I sondaggi dipendono sempre da chi li commissiona, e poi vengono fatti su un numero talmente esiguo di persone da risultare ridicoli! Se io ordinassi un sondaggio solo su chi lavora a Palazzo, ti assicuro che le percentuali sarebbero ben diverse! -

- Ma non si tratterebbe di un campione variegato… -

- Ti risulta che le maggiori società di statistica siano legate ad Houer, cioè a Wallun? E, comunque sia, non mi interessa cosa pensa la gente: non sarebbe la prima

115

volta che il popolo, assordato dalle sirene dei cosiddetti "yashi", sbaglia opinione... Ti ricordi quando non volevano le centrali nucleari? -

- Non è solo questo... -

- E cosa, allora?! -

- Hai parlato col Santo Padre -.

Faidon fissò l'amico senza capire.

- E allora? - domandò.

- La Chiesa è contraria alla legge -.

- Ma che scoperta... -

- E la cosa dà non poco fastidio alla maggioranza... Lo sai che c'è chi ha proposto di portare in tribunale il sistema di Enchles per discriminazione? -

- Certo! Come se si potesse citare in giudizio uno Stato straniero... -

- E chiunque in Senato attacca la legge viene accusato di far parte di una presunta "lobby enchlesiana" -.

- È questo il guaio della democrazia: anche l'ultimo dei cretini può permettersi di esternare... E secondo loro l'unico che ha l'autorità morale per esprimersi su questi temi dovrebbe essere il solo a non poter aprire bocca?! -

- Si tratta comunque di una cosa che tocca da vicino milioni di tuoi sudditi e... -

- Non mi interessa, Doyner! Non firmerò mai quella legge! -

Il Capo dell'ASSE sospirò.

- Se non lo farai, ti accuseranno ti essere servo del Pontefice... -

- Se invece la firmassi, sarei alla mercé del Senato! -

- Se la firmassi, non faresti altro che ratificare la decisione di un organo istituzionale il cui scopo precipuo - per non dire unico - è appunto legiferare -.

- È inutile che tu insista, Doyner! Non firmerò quella legge! I miei princìpi morali me lo impediscono -.

- Che è come dire che ascolti la voce del Santo Padre... -

Faidon lo fissò intensamente.

- Io ascolto una voce molto più antica, Doyner, una voce che parla nel sussurro della brezza del mattino, nel placido mormorio del fiume, nella dolce melodia della natura. E, credimi, in confronto alle inutili speculazioni di quei politicanti, questa voce è più potente di mille tuoni! -

Il Capo dell'ASSE non insistette. Sapeva che Faidon non avrebbe mai tradito i valori che gli erano stati trasmessi dai suoi genitori. Si volse meccanicamente in direzione della Curia, e si lasciò sfuggire un sospiro al pensiero che la fragile tregua che fino a quel momento aveva consentito almeno la convivenza tra le istituzioni stava ormai per infrangersi. Definitivamente.

XV.

Semel era ormai di fronte ai loro occhi, e Jordan non riusciva più a contenere l'eccitazione. Per quanto ormai non fosse più un ragazzino, le sensazioni che provava erano le stesse di undici anni prima, quando Faidon lo aveva inviato a cercare il botanico Ratas per prelevare la pianta da cui ricavare l'infuso che avrebbe salvato la vita di Jun-Gid, il padre di Mailynn. Era stata la sua prima missione, il suo ingresso nell'età adulta.

Per questo aveva voluto scegliere la stessa astronave di allora. Per questo, anche stavolta, aveva voluto con sé il suo amato robottino Gei-2, lo stesso che lo aveva accompagnato undici anni prima.

- È-un-bel-pia-ne-ta-si-gno-re - disse l'androide.

- Sì, è vero... mi ricorda molto la Terra... -

- Co-me-fa-re-mo-a-tro-va-re-il-si-gil-lo-si-gno-re? -

119

Per tutta risposta, Jordan lasciò il suo posto e corse in fondo all'astronave. Quando tornò, aveva fra le mani una piccola teca metallica. Giunto di fronte a Gei-2, il Principe posò una mano sopra alla teca e questa immediatamente si spalancò, rivelando al suo interno un piccolo oggetto metallico di colore giallo.

- Di-co-sa-si-trat-ta-si-gno-re? -

- È una fedele riproduzione di uno dei sigilli. Faidon l'ha fatta realizzare in gran segreto apposta per questa missione -.

- Pos-so-chie-der-vi-il-per-ché-si-gno-re? -

- Perché... beh... è difficile da spiegare ma... ecco... è come se i sigilli si "sentissero" l'un l'altro. Non so come sia possibile, né cosa succeda effettivamente ma... Faidon ha detto che me ne sarei accorto senza possibilità di errore -.

- E-fun-zio-na-an-che-con-u-na-co-pia-si-gno-re? -

- Hanno fatto una prova con uno dei sigilli conservati su Astragon, e a quanto pare l'effetto si è manifestato, anche se con minor intensità... tra poco, comunque, sapremo tutto -.

La navicella sfrecciò a tutta velocità nell'atmosfera di Semel, con Jordan che fu molto attento a non passare sopra ai centri abitati per evitare di poter essere individuato. Poi, mentre stavano sorvolando un ampio lago...

- Co-sa-sta-suc-ce-den-do-si-gno-re? -

Jordan si voltò verso il robottino, ma venne abbagliato da una luce improvvisa che sembrava sgorgare direttamente dalla navicella.

- Ma cosa...? -, si domandò il Principe, arrestando di colpo l'astronave.

Sistemò i comandi in modo da poter rimanere in equilibrio su un cuscinetto d'aria, poi si avvicinò lentamente alla teca: quello che vide lo fece rimanere letteralmente a bocca aperta.

- Allora è questo... - sussurrò.

- È-il-si-gil-lo-si-gno-re? -

Jordan annuì.

- E meno male che l'effetto è ridotto... - commentò.

Il piccolo oggetto rifulgeva di una luce abbagliante, tanto che il Principe non riusciva più a distinguerne i contorni. La stessa navicella, vista dall'esterno, doveva apparire come un piccolo sole che galleggiava a mezz'aria.

- Faidon aveva ragione... non c'è possibilità di errore -.

-    Ha-sen-ti-to-la-pre-sen-za-di-un-al-tro-si-gil-lo-si-gno-re? -

- Probabile... non ci resta che scendere e verificarlo di persona -.

Jordan chiuse la teca sopra al sigillo per poter tornare a vedere qualcosa: ciononostante, la luce che usciva dalla strettissima fenditura mediana sembrava ancora sufficiente a illuminare a giorno l'intera navicella.

Il Principe indossò degli occhiali scuri, tornò ai comandi e si mise alla ricerca di un posto dove atterrare. Man mano che l'astronave si allontanava dal lago, il bagliore proveniente dalla teca cominciò ad attenuarsi, segno evidente che il sigillo cominciava ad avvertire più distante la presenza del suo "compagno".

Dopo qualche minuto, Jordan individuò un'ampia pianura, perfetta come pista di atterraggio. Inclinò la prua della navicella verso il basso e fece scendere l'astronave dolcemente, senza strappi.

Dopo aver riposto nella custodia gli occhiali scuri, prese la teca contenente la copia del sigillo e fece un cenno a Gei-2, che spalancò il portellone per permettere al Principe di scendere. Non appena ebbe posato il piede sull'erba, fu infastidito da alcuni luccichii in lontananza, e con una smorfia di disappunto ritirò fuori gli occhiali scuri. Quando poi tornò a guardare davanti a sé, ancora una volta lo spettacolo che vide lo lasciò senza fiato.

- Si-gno-re! Si-gno-re! Co-sa-so-no-quel-li-si-gno-re?
-

Jordan cercò di balbettare una risposta ma non riuscì ad articolare alcun suono comprensibile, e alla fine decise di non dire nulla, e di rimanere lì a contemplare quell'incomparabile meraviglia: un intero branco di unicorni pascolava sulla pianura davanti a loro, maschi, femmine, cuccioli, dal candido manto e dal lucente corno dorato.

Jordan si tolse gli occhiali scuri ed iniziò ad avvicinarsi con discrezione, subito imitato da Gei-2: entrambi poterono subito constatare che gli animali non temevano il contatto con l'uomo, anzi sembravano incuriositi dalla presenza di quei due estranei.

Un grande unicorno, probabilmente il maschio dominante, si fece incontro a Jordan quasi per studiarlo, lo fissò, lo annusò per qualche istante e poi iniziò a sfregare il muso contro la tasca sinistra della tuta del Principe.

- Ma-che-co-s'ha-si-gno-re? -

Per tutta risposta, Jordan estrasse dalla tasca una carota e la porse all'animale, che iniziò a sgranocchiarla con gusto, espellendo dalle grandi froge uno sbuffo d'aria calda che investì in pieno il Principe, che scoppiò a ridere.

L'unicorno gli si fece più vicino. Poi chinò leggermente il capo, quasi a fare un inchino, e gli toccò la fronte con il suo grande corno dorato. Jordan allungò leggermente la mano verso il muso dell'animale e gli sfiorò un ciuffo di peli. L'unicorno si ritrasse leggermente, ma poi lasciò che il Principe avvicinasse di nuovo la sua mano, la posasse sulla sua gota e lo accarezzasse.

Jordan sorrise. L'animale lo fissò ancora, poi si voltò per tornare in mezzo al branco.

- Sono bellissimi - commentò il Principe. - Non ne avevo mai visti allo stato brado... -

- Cre-do-che-vi-ab-bia-no-e-let-to-u-ni-cor-no-o-no-ra-rio-si-gno-re -.

Jordan ridacchiò, poi fece un cenno a Gei-2, e insieme iniziarono a camminare attraverso la pianura, lasciandosi alle spalle il branco di unicorni, per raggiungere il lago che avevano sorvolato in precedenza.

Che stessero andando nella giusta direzione lo dimostrava il graduale aumento della luminosità sprigionata dall'interno della teca, anche se sotto i raggi del sole di Semel il fenomeno risultava assai meno evidente.

Dopo una breve passeggiata, i due raggiunsero una delle sponde del lago, e aguzzarono bene la vista: proprio al centro della grande distesa d'acqua dolce sorgeva un isolotto, sopra il quale erano state poste, in circolo, sei colonne di marmo bianco, ognuna sormontata dal busto aureo di un uomo anziano, dal volto stanco ma dallo sguardo deciso e risoluto. Tre erme erano rivolte verso le sponde del lago, tre invece verso il centro dell'isolotto.

- Chi-è-quel-lo-si-gno-re? -

- Probabilmente è l'eroe nazionale di questo pianeta, Olek, il primo uomo ad aver messo piede su Semel, nonché il fondatore della capitale, che da lui prende il nome -.

- Pen-sa-te-che-in-qual-che-mo-do-pos-sa-es-se-re-col-le-ga-to-al-si-gil-lo-si-gno-re? -

- Così dice la leggenda… -

- Leg-gen-da-si-gno-re?! -

Jordan annuì.

- Si racconta che, durante una delle guerre contro Ghalaqot, un comandante nemico fosse quasi riuscito ad impossessarsi di uno dei sigilli: a fermarlo fu Olek, veterano dell'esercito di Meribal, alleato di Astragon. Olek capì che il sigillo non era più al sicuro sul nostro pianeta, perciò decise di nasconderlo in un luogo segreto, per evitare che potesse cadere in mani nemiche -.

- Qui-su-Se-mel-si-gno-re? -

- Forse non all'inizio, ma gli uomini dei Servizi Segreti ritengono molto probabile che, dopo aver fondato la prima città su questo pianeta, Olek possa aver trasferito qui il sigillo. E sembra che anche il nostro "piccolo sole" - (Jordan si bloccò e lanciò un'occhiata alla teca) - la pensi allo stesso modo... -

- Co-me-fac-cia-mo-a-rag-giun-ge-re-l'i-so-la-si-gno-re? -

Per tutta risposta, il Principe tirò fuori da una tasca della tuta un telecomando - benedicendo il tessuto estensibile di cui era composta la sua veste - e schiacciò uno dei numerosi pulsanti. Qualche istante dopo, il suo astroscooter atterrò dolcemente accanto a lui.

- Utile - commentò Jordan mentre riponeva il telecomando in tasca, - quelle volte in cui Maometto si stufa di dover andare alla montagna... -

- Ma-l'a-stro-scoo-ter-non-ci-reg-ge-rà-en-tram-bi-si-gno-re... -

- Ne sono consapevole, Gei-2 - rispose il Principe infilandosi un auricolare munito di microfono, - infatti andrò io da solo, mentre tu rimarrai qua -.

Poi Jordan consegnò al robottino una ricetrasmittente.

- Così potremo restare in contatto - spiegò.

Dopo aver insegnato a Gei-2 ad usare la ricetrasmittente, il Principe saltò sul suo astroscooter e sfrecciò a tutta velocità sulle acque cristalline del lago, fino a raggiungere l'isolotto. A quel puntò smontò dal suo aviomezzo, ed iniziò ad avanzare verso il cerchio formato dalle colonne con gran circospezione, come se temesse di poter disturbare qualcosa, o qualcuno. Giunto davanti ad una delle erme raffiguranti l'eroe nazionale, Jordan chinò il capo e sussurrò:

- Ehi Olek, vecchio mio... come va oggi? -

Il Principe avanzò fino a trovarsi all'interno del cerchio delle colonne, e subito si accorse che la superficie su cui stava camminando era improvvisamente cambiata: non era più terra, sembrava marmo, o roccia, e rimbombava sotto ai suoi piedi, come se ci fosse una cavità. Inoltre, Jordan notò che la luce che fuoriusciva dalla teca di metallo si era fatta, se possibile, ancora più intensa.

- A-ve-te-tro-va-to-nien-te-si-gno-re? -

- Io no, ma il sigillo sì. C'è qualcosa di strano, però: è come se stessi camminando su una scatola vuota -.

- Co-me-si-gno-re? -

- Sì, è così: credo che abbiano scavato qui al centro dell'isolotto e vi abbiano seppellito qualcosa... forse sto camminando sulla tomba di Olek -.

- E-il-si-gil-lo-è-lì-sot-to-si-gno-re? -

- Su questo direi che non vi è alcun dubbio, almeno a giudicare dalla luce che sprigiona la copia... -

- E-co-me-fa-re-te-a-pren-der-lo-si-gno-re? -

- Bella domanda, Gei-2. Magari posso provare a chiederglielo -.

- Chie-der-glie-lo-si-gno-re?! -

Senza replicare, Jordan si diresse verso la colonna a sé più vicina, il cui busto, a differenza degli altri, sembrava guardare a terra anziché dritto davanti a sé. Il Principe, che aveva subito notato questo particolare, fissò l'erma e disse:

- Hai ragione, Olek: non mi sono presentato. Sono il Principe Jordan Rayos dei Garidi, e mio fratello, l'Imperatore Faidon, mi manda a recuperare il sigillo che tu hai custodito così fedelmente per tutti questi secoli -.

Il Principe gli strizzò l'occhio e si appoggiò alla colonna guardandosi attorno. Improvvisamente sentì un rumore sordo, come lo scatto di un ingranaggio, ed indietreggiò istintivamente prima di tornare ad osservare l'erma, che si era girata verso la sua sinistra, subito imitata da tutte le altre. Sempre più allibito, Jordan abbassò lo sguardo lungo la colonna, e vide con crescente stupore che il pannello di marmo su cui aveva appoggiato la mano si stava ritraendo all'interno del pilastro: subito dopo, le colonne iniziarono a compiere un movimento circolare verso la propria sinistra, affondando gradualmente nel terreno durante il loro misterioso moto. Infine, Jordan sentì il pavimento iniziare a scorrere sotto ai suoi piedi, e fece un balzo al di fuori del cerchio delle colonne, dove invece sembrava che la situazione fosse perfettamente normale.

Il Principe osservò interdetto le colonne che lentamente si inabissavano e la lastra che si ritraeva chissà dove, scoprendo un'ampia stanza sotterranea: tuttavia, non osò fare neanche un passo finché non cessò ogni rumore, e il silenzio non tornò a regnare sull'isolotto.

- Wow! - esclamò, ancora meravigliato. - L'ho sempre detto, io, che con le buone maniere si ottiene tutto… -

- Co-s'è-suc-ces-so-si-gno-re? -

- È successo che forse ho trovato il modo di arrivare al sigillo, Gei-2 -.

- Co-me-si-gno-re? -

Jordan non replicò. Si avvicinò all'imbocco della cavità, e gettò una rapida occhiata all'interno: rimase molto compiaciuto quando scorse una scala di pietra che gli avrebbe potuto facilitare la discesa.

- Vedo che hai pensato a tutto, eh? - commentò, idealmente rivolto ad Olek.

Poi il Principe andò a prendere la teca metallica, la schiuse leggermente per poter sfruttare la luce emanata dalla copia del sigillo, ed iniziò a scendere all'interno della cavità. L'odore forte e penetrante che percepì subito lo indusse a nascondere il naso in mezzo alla sua tuta, ma poi si fece forza e continuò la lenta discesa. Quando giunse sul fondo, scoprì di trovarsi in una stanza piccola e spoglia, eccezion fatta per gli straordinari dipinti che affrescavano le pareti di pietra. Al centro della camera vi era un sepolcro di basalto nero.

- Temo che dovrò disturbare il tuo riposo, Olek - disse Jordan.

Detto questo, estrasse dalla tasca della tuta una fasserkida del tutto simile a quella che Hyrvik aveva donato a Doyner, la regolò sul massimo effetto ottenibile e la puntò contro la tomba: subito il coperchio iniziò a sollevarsi, e allo stesso tempo Jordan venne inondato da un mare di luce azzurrina proveniente, senza ombra di dubbio, dall'interno del sarcofago.

Il Principe richiuse la teca metallica e si sbrigò a rindossare gli occhiali scuri, poi depose delicatamente il coperchio del sepolcro sul pavimento, si rimise in tasca la fasser-kida ed iniziò ad avanzare con cautela verso il sarcofago: all'interno era ancora visibile lo scheletro del grande eroe di Semel, che riposava con le braccia incrociate sul petto, e il volto nascosto dietro una maschera funeraria che ne riproduceva i lineamenti.

Jordan notò subito che la luce scaturiva da sotto le mani dell'eroe. Sospirò. Chiuse gli occhi per un attimo, cercando di farsi forza, e poi si avvicinò lentamente alle spoglie di Olek.

- Non ti dispiace darmi una mano, vero? - disse sollevando un braccio dello scheletro dal torace, e protendendo il suo verso la luce.

Gli ci volle un po' prima di riuscire a vincere la repulsione, ma alla fine riuscì con uno scatto ad afferrare il quarto sigillo, racchiudendolo saldamente dentro al suo palmo.

- Tanto a te non serve più, no? - commentò mentre si allontanava indietreggiando dal sarcofago, agitando le mani come per cercare di liberarle dalla sensazione di sudicio di cui era preda.

Pose subito il sigillo all'interno della teca metallica, estrasse dalla tasca la fasser-kida, la puntò contro il coperchio facendolo sollevare, e poi lo depose di nuovo sul sepolcro di Olek.

- A buon rendere - commentò poi mentre sfrecciava a tutta velocità lungo la scala di pietra.

Era quasi arrivato a metà quando si accorse con orrore che la lastra superficiale si stava richiudendo sopra di lui.

- No! No! - gridò mettendosi a correre a perdifiato, saltando i gradini a quattro a quattro nella speranza di non veder svanire la luce del sole di Semel.

Alla fine, con un ultimo balzo riuscì a riguadagnare la superficie, e subito si gettò a terra, distrutto ma sano e salvo, osservando la teca metallica che teneva saldamente fra le mani. Con ultimo, sonoro scatto, la lastra si richiuse sulla stanza che ospitava la tomba di Olek occultandola di nuovo agli occhi del mondo, le sei colonne di marmo ripresero la loro locazione originaria, ed anche le sei erme si voltarono di nuovo chi in direzione del lago, chi verso il centro dell'isolotto.

Quando, a fatica, Jordan riuscì a rialzarsi, si trovò di fronte il busto che guardava a terra, verso di lui, con occhi severi, ed ebbe la strana sensazione di star venendo giudicato.

- Tu mi guardi male? - commentò acido. - Ed io che cosa dovrei dire, allora? Pensi che ci tenessi così tanto a restare laggiù a farti compagnia? -

Il Principe si diresse subito verso il suo astroscooter, e solo allora risentì di nuovo la voce metallica di Gei-2.

- Si-gno-re! Si-gno-re! Mi-sen-ti-te-a-des-so-si-gno-re? -

- Certo che ti sento! - rispose Jordan stizzito. - Perché non dovrei? -

- Per-ché-al-lo-ra-non-mi-ri-spon-de-va-te-più-si-gno-re? -

- Io cos...?! No, eri tu che non... -

Jordan si fermò di scatto, improvvisamente consapevole del fatto che, evidentemente, quando lui era sceso sotto terra le comunicazioni avevano cessato di funzionare. Scosse la testa. Benché sapesse bene che un automa non può provare sentimenti, si sentì comunque in dovere di rassicurare il suo piccolo amico di metallo.

- Sto bene, Gei-2... sto bene, non preoccuparti... e sono anche riuscito a recuperare il sigillo -.

-    Do-ve-te-dav-ve-ro-ri-sul-ta-re-sim-pa-ti-co-a-O-lek-si-gno-re... -

- Altroché... mi aveva anche invitato a passare qualche millennio con lui, ma sfortunatamente avevo già altri impegni per il viri-tadesh... -

- Quin-di-a-des-so-tor-na-te-si-gno-re? -

- Monto sull'astroscooter e arrivo! -

- Si-gno-re! Si-gno-re! Co-sa-so-no-quel-li-si-gno-re? -

- Quelli cos...? -

Jordan lanciò un'occhiata alla riva, e alla sinistra di Gei-2 poté vedere due enormi lucertoloni verdi, lunghi più di un metro, che si stavano abbeverando. Spaziando con la vista nelle immediate vicinanze, il Principe si rese conto che ve n'erano ben più di due, e improvvisamente fu colto da una strana sensazione di inquietudine.

- Che-co-sa-so-no-si-gno-re? - ripeté il robottino.

- Basilischi giganti - rispose Jordan mentre avviava l'astroscooter.

- So-no-pe-ri-co-lo-si-si-gno-re? -

- Normalmente no… -

Ma, proprio mentre lo diceva, i rettili si ersero contemporaneamente sulle due zampe, sollevarono il collare di membrana che prima tenevano afflosciato ed iniziarono a sbuffare e ad emettere grida selvagge, assumendo un aspetto feroce e minaccioso.

- Speriamo che anche loro lo sappiano… -, commentò il Principe dando un'accelerata.

L'astroscooter sfrecciò subito sopra al lago mentre i basilischi giganti continuavano ad agitarsi e a soffiare contro il Principe, guardandosi però bene dall'avvicinarsi a Gei-2. Poi, all'improvviso, il mezzo di Jordan cominciò a rallentare e a sbandare, tossicchiando paurosamente.

- Ehi… ehi! Che ti prende, bello? Avanti! Avanti! -

Ma l'astroscooter continuò a rallentare sempre di più finché, alla fine, non si arrestò a mezz'aria sopra alle acque del lago. Jordan tentò inutilmente di riavviarlo per qualche secondo. Poi, furibondo, batté i pugni contro il manubrio, ma per la foga perse l'equilibrio e cadde in acqua.

- Magnifico… -, commentò, assicurandosi di avere ancora con sé la teca con i due sigilli.

- Si-gno-re! Si-gno-re! -

- Sto bene, Gei-2! Sono solo… -

Le parole gli si troncarono a mezz'aria: come un'orda di barbari che tutto travolge, i basilischi giganti si erano lanciati contro di lui, correndo sull'acqua a tutta velocità, continuando a soffiare e ad emettere le loro stridule grida.

Jordan nuotò subito fino all'astroscooter e cercò di issarvisi sopra, ma una volta afferrato l'aviomezzo il metallo gli scivolò via dalle mani, e lui ricadde in acqua con un tonfo. Senza darsi per vinto, il Principe tentò altre due volte, e alla fine riuscì ad afferrare saldamente l'astroscooter con una mano e ad issarvi una gamba, vi appoggiò sopra la teca metallica e cercò di afferrare con la mano libera il manubrio, che però gli sfuggì. Cercando disperatamente di non perdere l'equilibrio, Jordan si voltò e vide che ormai i rettili gli erano quasi addosso. Sospirò. Chiuse gli occhi.

- Ciao, Gei-2... -, sussurrò come tra sé.

- Si-gno-re! Si-gno-re! -

All'improvviso, Jordan udì i basilischi giganti emettere suoni diversi, suoni meno minacciosi, anzi quasi impauriti: riaprì gli occhi, e vide che i rettili sembravano confusi ed indecisi. Volse allora lo sguardo verso la riva, ma non riuscì a scorgere altro che una serie di luccichii abbaglianti. Sempre più allarmati, i basilischi giganti oltrepassarono l'astroscooter di Jordan per correre a rifugiarsi sull'isolotto.

Finalmente, il Principe riuscì ad issarsi sul suo aviomezzo, stanco ed ansimante, ma ancora una volta illeso. Dopo aver attivato i pannelli di emergenza - che funzionavano ad energia solare -, scrutò attentamente la riva del lago dove si trovava Gei-2: in perfetto equilibrio sull'erba umida e scivolosa, il robottino era ancora attorniato da tutto il branco degli unicorni, con il grande maschio dominante che svettava, maestoso, in mezzo a tutti gli altri.

- È-in-cre-di-bi-le-si-gno-re! Non-ap-pe-na-so-no-ar-ri-va-ti-e-han-no-sol-le-va-to-i-lo-ro-cor-ni-quei-lu-cer-to-lo-ni-se-la-so-no-fi-la-ta-si-gno-re! -

Jordan sorrise fra sé.

- Si raccoglie ciò che si semina, Gei-2… -

- Ma-co-me-fa-ce-va-no-a-cor-re-re-sul-l'a-cqua-si-gno-re? -

- Grazie alla particolare conformazione delle loro zampe, è come se galleggiassero su un cuscinetto d'aria: pensa che i primi scooter levitanti sono stati ispirati proprio da quei lucertoloni… -

Il Principe provò a riavviare il suo aviomezzo, che finalmente obbedì al comando. Pochi istanti dopo, Jordan si trovava di nuovo sulla sponda del lago, a fronteggiare di nuovo il branco di unicorni.

- Mi sa che dovrò tornare con un bel po' di carote, eh?
-

Il maschio dominante sbuffò come se avesse capito, e Jordan rise divertito.

- Grazie - gli sussurrò accarezzandogli il muso.

L'animale lo fissò per qualche istante con i suoi grandi occhi neri, poi nitrì compiaciuto, volse le spalle al Principe e si allontanò, riconducendo al pascolo il suo branco.

Jordan lo guardò ammirato per qualche secondo, poi fece un cenno a Gei-2 e si incamminò anche lui verso la navicella.

- A-quan-to-pa-re-vi-sie-te-fat-to-un-a-mi-co-si-gno-
re -.

- Già... -, commentò Jordan rigirandosi fra le mani la
teca di metallo, - e chi trova un amico... trova un
tesoro! -

XVI.

- È tutto pronto per la partenza, Altezza -.

Faidon annuì distrattamente. In realtà, la sua mente continuava a volare verso Ghalaqot, dalla sua Mailynn, con la quale non aveva più avuto occasione di parlare, né di comunicare da quando l'Imperatore si era recato su Theodoron.

Sarebbe voluto rimanere su Astragon, avrebbe voluto aspettarla per gettarsi ai suoi piedi, chiederle scusa per tutte le incomprensioni e gridarle tutto il suo amore… Ma sapeva che i suoi doveri di Imperatore non potevano attendere.

Gli ultimi rapporti fattigli pervenire da Doyner indicavano fermento e agitazione su Vainomed, dopo che l'Imperatore era stato costretto ad allentare la morsa attorno a Tares Ybil. Non c'era più un minuto da perdere: era arrivato il momento di far sì che le antiche alleanze stipulate attraverso la creazione dei *Sette Sigilli dell'Apocalisse* venissero rispettate.

Faidon fece un cenno al Segretario Generale Eumen, cui delegò il compito di riferire in Senato a proposito della sua missione, i cui punti essenziali erano già stati illustrati dall'Imperatore stesso di fronte al Gran Consiglio.

- La vostra assenza non farà piacere alla Curia - commentò Eumen.

Faidon alzò l'angolo destro della bocca in un sorriso furbo e malizioso, ed annuì.

- È proprio ciò che spero... -

Appena prima che lasciasse il suo studio, però, arrivò di gran carriera un giovane paggio ad annunciare all'Imperatore il Primo Ministro Houer, accompagnato da Hyrvik e da Doyner: il Capo del Governo aveva con sé il testo definitivo della "legge sul doppio accordo sociale". Come supremo atto di sfida, Faidon acconsentì a ricevere solamente i due membri del Gran Consiglio.

Houer schiumò rabbia ma non protestò, convinto del fatto che neppure l'Imperatore avrebbe osato opporsi ad una legge che era stata approvata a larga maggioranza e, soprattutto, che sembrava raccogliere consensi anche presso il popolo.

Faidon si rigirò per un momento il testo della norma fra le mani, poi fissò i due interlocutori: il Consigliere Supremo aveva un'espressione estremamente grave, mentre il Capo dell'ASSE aveva l'aria di chi avrebbe voluto trovarsi da tutt'altra parte.

- Che cosa vi aspettate che faccia, adesso? - chiese Faidon.

Doyner si morse le labbra, mentre Hyrvik restò impassibile.

- Potete scegliere, Maestà - disse poi con la consueta gelida voce. - O apponete la vostra firma sul testo, approvandolo a vostra volta, oppure vi servite del diritto di veto, dichiarando la legge incostituzionale -.

- So quali sono le mie facoltà, Consigliere Supremo. La mia domanda era un'altra, ma ovviamente non posso certo aspettarmi che espletiate le funzioni che il vostro titolo vi assegna, visto che siete in perenne conflitto d'interessi... -

Hyrvik non raccolse la provocazione. L'Imperatore trasse un lungo sospiro, poi aprì uno dei cassetti della propria scrivania, ed afferrò il timbro con cui avrebbe posto il veto alla legge.

- Faidon! - esclamò Doyner. - Pensaci bene prima di farlo, amico mio... il Senato è pronto a dichiararti guerra! -

L'Imperatore sorrise.

- Ho sconfitto nemici peggiori - replicò.

E premette il timbro sulla prima pagina del testo. Vi appose la propria firma, poi lo porse ad Hyrvik.

- Datelo a quel terash di là - disse. - E ditegli di non urlare troppo: dovessero scoppiargli le coronarie, sa il Cielo quale... terribile perdita dovremmo soffrire... -

Doyner ridacchiò sotto i baffi, lieto di dover partire con l'Imperatore e non dover subire la collera del Primo Ministro.

Faidon indicò a Hyrvik una porta, mentre lui e il Capo dell'ASSE uscirono da un'altra, diretti nel giardino della Reggia, dove una navicella era già stata approntata per condurli all'astroporto di Astragon.

L'Imperatore non riuscì a trattenere un sorriso quando, richiudendo la porta del suo studio, si udì il primo scoppio d'ira del Primo Ministro, le cui urla non sembravano affievolirsi neppure mentre i due amici si allontanavano dalla stanza.

- Che avesse sbagliato mestiere è un dato di fatto - ironizzò Faidon. - Ora però abbiamo anche scoperto che doveva fare lo strillone... -

- Ultime notizieeee! -, gli fece il verso Doyner. - Primo Ministro ricoverato per attacco di bileeee! Chiunque avesse notizie di un certo Imperatore è pregato di riferirle ai suoi Servizi Segretiiii! -

- Non noti un leggera contraddizione nelle tue parole...? -

- Forse, ma tanto chi vuoi che sappia dov'è la sede dei Servizi Segreti... -

Pochi minuti dopo, i due amici erano già giunti all'astroporto del pianeta, dove la *Golden Eagle*, l'astronave privata dell'Imperatore, era già pronta per il decollo. Oltre che da Doyner, che avrebbe viaggiato assieme a lui, Faidon sarebbe stato accompagnato dal Comandante Parsell alla guida degli Immortali. Fra gli aristocratici e i civili che avrebbero seguito la spedizione, poi, spiccava senza alcun dubbio Laavasil, l'ex assistente di Hyrvik ora promosso a sottosegretario del Ministero degli Interni, per il quale Faidon nutriva un'insanabile avversione, accompagnata dal sospetto che il Consigliere Supremo gli avesse assegnato l'attuale incarico solo per consentirgli di studiare le mosse dell'Imperatore, in modo che Laavasil le potesse poi riferire al suo capo.

- I suoi sono gli occhi di Hyrvik - aveva commentato Faidon tra i denti.

- Come le Parche che ne avevano uno in tre - aveva replicato Doyner.

- Già... le creature che tessevano i fili del destino... -

"Ma per conto di chi...?" - si domandava l'Imperatore.

La meta del viaggio era Fyman, ottavo pianeta del tredicesimo sistema del quarantesimo quadrante, il primo ad essersi reso formalmente autonomo, benché il suo Governatore Cynn avesse sapientemente utilizzato le armi della diplomazia per rassicurare l'ormai debole Governo centrale di Astragon circa la propria lealtà all'Impero. Una lealtà che ora Faidon andava a richiedere in maniera vincolante, senza alcuna possibilità di tirarsi indietro, senza alcuno spazio per subdole tentazioni o per propositi di nuove alleanze.

Cynn, un ometto tarchiato e ben pasciuto, ormai quasi calvo e dagli occhi piccoli come fessure, accolse con calore l'Imperatore, pur giustificando l'assenza di una parata in suo onore con la mancanza di preavviso con cui, per motivi di sicurezza, era stato avvertito del suo imminente arrivo. Tuttavia, a Doyner sembrò almeno strano che la stessa mancanza di preavviso non avesse comunque impedito ai cuochi del castello che ospitava la residenza del Governatore di preparare un banchetto luculliano da offrire non solo all'Imperatore, ma anche a tutto il suo seguito.

Dopo che si furono rifocillati, Cynn condusse i suoi ospiti nella sala delle udienze, dove domandò a Faidon cosa lo avesse spinto a recarsi fino a Fyman.

L'Imperatore trasse un lungo sospiro, si schiarì la voce e poi cominciò:

- Quattro secoli fa, i vostri antichi padri hanno stipulato un patto di alleanza con il fondatore della dinastia dei Garidi, un patto che è stato suggellato da un dono potente e prodigioso! -

Un mormorio confuso si levò fra gli astanti quando Faidon alzò la mano destra, mostrando a tutti il primo dei *Sette Sigilli dell'Apocalisse,* quello che simboleggiava la carestia, che recava incastonato un topazio che sembrava scintillare come un piccolo sole.

- In questi tempi di difficoltà e di incertezza - proseguì l'Imperatore, - in questi istanti in cui più forte incombe su di noi la minaccia dei nostri nemici, io, Faidon Rayos dei Garidi, Imperatore di Astragon, vengo a chiedervi: volete voi onorare la memoria dei vostri antenati, e rispettare il patto che essi strinsero con il Padre del nostro Impero? -

Un nuovo mormorio, insieme di incertezza e di timore, seguì le parole pronunciate da Faidon, ma Cynn si alzò in piedi, e fece cenno ai suoi collaboratori di tacere.

- Nobile Imperatore - cominciò poi, - gli eventi di cui tu parli sono accaduti più di quattrocento anni or sono! Il nostro popolo… non è in grado di affrontare una guerra e… -

- Non vi sto chiedendo di affrontare una guerra, Governatore, ma di schierarvi al nostro fianco qualora essa scoppiasse -.

Cynn scosse vigorosamente la testa.

- Noi non siamo gente ricca... la nostra terra non è fertile come la vostra, e il nostro clima è assai più arido... La pace è la nostra più grande ricchezza, ed io non voglio causare sofferenze al mio popolo -.

Faidon preferì non sottolineare il fatto che il Governatore vivesse in una piccola reggia, con decine di persone al proprio servizio.

- È la vostra ultima parola? - domandò invece con tono piatto. - Ci negherete l'aiuto che in passato noi abbiamo offerto a voi? -

- Nessuno più di me potrebbe essere costernato per questa decisione, nobile Imperatore, ma, benché a malincuore, devo confermarvi che questa è la mia scelta, una scelta che spero possiate comprendere: prima di tutto il resto, devo pensare agli interessi del mio popolo -.

"O ai tuoi..."

Faidon annuì, poi chiese solamente di essere accompagnato in cima al maschio che svettava sul lato nord del castello. Per un attimo Cynn rimase di stucco, domandandosi quale secondo fine potesse nascondere una richiesta così bizzarra. Poi, visto che non ci vedeva nulla di male nell'accontentare l'Imperatore, lo scortò personalmente su per l'antica scala a chiocciola che conduceva alla sommità della torre, accompagnato da alcuni dignitari oltre che dagli immancabili Doyner e Parsell.

Una volta salito l'ultimo gradino, dopo che tutti si furono ritrovati di nuovo all'aperto, Faidon chiuse gli occhi per qualche istante, come in contemplazione, inondato dalla luce abbagliante del sole di Fyman che lo avvolgeva come un fuoco invisibile. Poi l'Imperatore sussurrò qualcosa che nessuno comprese, come brevi parole pronunciate in una qualche lingua antica e sconosciuta, e un brivido improvviso corse lungo la schiena di tutti i presenti.

Poi Faidon alzò il primo sigillo verso la stella, e subito dalla sua mano scoppiò come un lampo di luce dorata, intenso ed abbagliante, che investì in pieno la torre costringendo i presenti a gettarsi per terra, e poi si propagò per l'intero pianeta.

- Che sta succedendo? - gridò Cynn tentando inutilmente di rialzarsi o di farsi sentire da Faidon: solo l'Imperatore sembrava immune agli effetti di quell'incantesimo.

Passarono così dei lunghi, interminabili istanti di angoscioso silenzio, in cui ciascuno cercava in cuor suo una spiegazione per l'incredibile prodigio a cui stava assistendo, o si chiedeva quali terribili conseguenze ne sarebbero scaturite.

Finalmente, la luce cominciò ad affievolirsi, e con essa la misteriosa forza che teneva bloccati i presenti. Cynn fu il primo a rialzarsi, e subito corse verso Faidon, che ancora teneva alta davanti a sé la mano che reggeva il primo sigillo: il Governatore tentò di raggiungerlo ma, giunto a pochi passi da lui, si scontrò con una sorta di barriera invisibile che circondava l'Imperatore. Cynn tentò invano di valicarla o di aggirarla, ma alla fine non poté far altro che desistere, ed allora corse ad affacciarsi tra due merli per vedere cosa fosse accaduto al suo pianeta. Il grido che lanciò fece correre un brivido lungo le schiene di tutti i presenti, lo sguardo che rivolse a Faidon era intriso di orrore e di spavento.

Subito Doyner corse ad affacciarsi a sua volta, e neppure lui riuscì a trattenere un gemito misto di stupore e di timore: l'intera superficie del pianeta era inaridita. Dove prima cresceva l'erba ora non c'era altro che la nuda terra; gli alberi, che erano ancora in fiore, stendevano ora rami secchi e riarsi, come lugubri scheletri che imploravano tacitamente pietà al cielo; i fiumi, i laghi, perfino i mari e gli oceani si erano ritirati, lasciando il posto a sterili letti disseminati di crepacci, su cui si contorcevano ancora agonizzanti le creature acquatiche, strappate alle deboli correnti di un torrente o alle profondità degli abissi. Tutto intorno, una strana, inquietante luce sembrava avvolgere anche il più piccolo granello di sabbia.

- Da questo eravate protetti... - disse Faidon, e la sua voce sembrava carica di una struggente, desolante malinconia.

- Che sta succedendo? - gridò Parsell, ancora malfermo sulle gambe.

- U...una carestia - balbettò Doyner, quasi incantato di fronte a quanto stava avvenendo sotto i suoi occhi. - La calamità da cui Garid il Grande aveva liberato Fyman... questa è la vendetta contro chi dimentica i patti... -

Cynn si gettò ai piedi della barriera che circondava Faidon.

- Fermatelo! - gridò. - Fermatelo, vi scongiuro... vi supplico, fermatelo! -

L'Imperatore lo fissò con uno sguardo compassionevole, e per un attimo al Governatore sembrò quasi che stesse sorridendo.

- Ve lo ripeto di nuovo, Governatore! - esclamò solennemente Faidon. - Volete voi onorare la memoria dei vostri antenati, e rispettare il patto che essi strinsero con il Padre del nostro Impero? -

- Sì... sì! Qualunque... qualunque cosa pur di far cessare questo inferno! -

Cynn sembrava sull'orlo delle lacrime, e Faidon non poté non provare un sentimento di pietà e compassione per lui.

- Sta bene! - esclamò, volgendo lo sguardo verso il cielo.

L'Imperatore abbassò il braccio, e subito la strana luce che circondava il pianeta si dissolse, le acque iniziarono a riaffiorare dalla profondità della terra, nuova linfa riprese a scorrere attraverso i tronchi degli alberi che tornarono a verdeggiare, ed anche i prati cominciarono lentamente a ricoprirsi di nuovo di sottili steli d'erba.

Doyner fissava attonito quell'incredibile spettacolo, e Cynn lo osservava quasi tremante, pregando in cuor suo che la meraviglia che gli leggeva negli occhi fosse il segnale che il maleficio era realmente stato spezzato. Faidon gli tese il braccio, ma il Governatore esitò prima di afferrarlo e di rialzarsi. Quasi non credette ai suoi occhi quando si affacciò di nuovo tra i merli e rivide il suo pianeta esattamente come se lo ricordava, anzi se possibile ancora più florido e rigoglioso.

Si voltò estasiato verso l'Imperatore, ma lui aveva già iniziato a scendere i gradini della scala a chiocciola che lo avrebbero ricondotto fuori dal maschio. Cynn gli corse dietro, ma non riuscì a dire nulla, se non qualche stentato e incomprensibile monosillabo. Faidon gli sorrise mentre montava sulla scaletta della *Golden Eagle*, ma lo salutò con quello che a tutti parve come un severo monito:

- Non scordatevi la vostra promessa! -

Cynn annuì gravemente mentre osservava l'Imperatore scomparire all'interno del cupolino della sua astronave, dove già lo attendeva Doyner.

- Ricordami di non contraddirti mai più - scherzò il Capo dell'ASSE.

Faidon sorrise.

- Non sarei mai voluto arrivare a tanto... -

- È stato un bel colpo, invece: oltre al pianeta, gli hai fatto rinsecchire anche le... -

- Doyner! -

I due amici scoppiarono a ridere mentre il portellone dell'astronave si richiudeva. Dopo pochi istanti la *Golden Eagle* decollò e si librò nell'aria come un falco di metallo. Faidon si appoggiò ad un oblò e, mentre osservava le miriadi di stelle che sfrecciavano davanti ai suoi occhi, avvertì improvvisamente un'insolita sensazione di libertà e spensieratezza, come non gli capitava ormai da molto tempo: così, con la mente sgombra da ogni preoccupazione, gli sembrò quasi di essere tornato ragazzo, quando l'unica meta del viaggio era l'ignoto, e l'unica destinazione era un pianeta chiamato "Avventura".

L'Imperatore sorrise quando Doyner andò a dargli una pacca sulla spalla.

- Sembri proprio al settimo cielo… - scherzò il Capo dell'ASSE. - Potrei approfittarne per chiederti un aumento di stipendio… -

- Non dici sempre di essere impagabile…? -

- Io sì, ma le mie… amiche… sfortunatamente no… -

- Non credevo che anche loro lavorassero per me… -

- Come no?! Sono la mia arma segreta: sono loro che… ammorbidiscono le trattative che conduco… se mi avessi permesso di portarle con me avrebbero potuto darti una piccola dimostrazione con Cynn -.

- La prossima volta, magari… -

- Dubito che ci sarà una prossima volta… già non era un gaden, in più lo hai anche fatto invecchiare di vent'anni… -

- Ha parlato il ragazzino… -

Doyner sorrise, ed annuì impercettibilmente.

- Touché… - disse poi.

Faidon sorrise a sua volta, poi tornò ad osservare l'immensità del cosmo che li circondava.

- Andiamo! - esclamò, il cuore che gli martellava nel petto al ritmo dell'entusiasmo. - Ci sono ancora un paio di reucci da far sbiancare! -

E, in mezzo a lampi di luce improvvisa, la *Golden Eagle* scomparve nell'iperspazio.

XVII.

Nonostante fosse ormai inverno inoltrato, era una bella giornata su Uniland quel sabato di metà febbraio: il sole risplendeva attraverso le nubi rade e solitarie, spandendo sul "Pianeta della Scuola" un lieve tepore che ingentiliva l'aria fresca e frizzante del mattino.

Tuttavia, nonostante la natura stessa sembrasse il trionfo della gioia e della rinascita dopo un lungo periodo di tenebre, quel giorno Kyril era così arrabbiato che, se una vipera lo avesse morso, probabilmente sarebbe morta avvelenata. Il suo malumore era stato originato il pomeriggio precedente da un diverbio con la Professoressa di Scienze Chimiche e Biologiche Giada Byon, la quale aveva giudicato la sua ricerca sulle forme di vita dell'ottavo quadrante in modo assai inferiore rispetto alle aspettative di "Doppia K". A ferire particolarmente il ragazzo era stata l'infelice espressione: "Sufficiente, e sei a Palazzo", con cui l'insegnante aveva inteso fargli capire che era stata fin troppo generosa nel concedergli quel voto.

Poi, quella stessa mattina, proprio quando sembrava che Kyril avesse accettato, sia pure con vivo disappunto, il giudizio della Professoressa, ci avevano pensato Stella e Urania a riaccendere la sua collera, lasciandosi sfuggire a colazione un commento accondiscendente nei confronti dell'operato della Byon, un commento che aveva letteralmente mandato su tutte le furie il figlio di Doyner.

Così, dopo aver cercato invano di ricondurlo alla ragione, Rigel, Dwight e Hyles avevano convenuto che la cosa migliore fosse portarlo alla Ran-Lithia, per permettergli di scaricare un po' il nervosismo sull'acceleratore di un astroscooter.

Il bel tempo che perdurava ormai da qualche giorno aveva liberato dalla neve il sentiero che separava l'Hurn-Lith dalla loro destinazione, ed aveva anche permesso di rimuovere, almeno provvisoriamente, la cupola protettiva - che era assai semplice da montare e smontare, malgrado le dimensioni -, consentendo così ai quattro amici di raggiungere la propria meta in un tempo relativamente breve.

Il giovane meccanico con cui da tempo si erano accordati fu molto lieto di rivederli dopo quasi tre mesi in cui il clima avverso li aveva costretti a ripiegare su altri passatempi quali il tennis o il calcio.

- Quattro? - domandò il giovane.

- Quattro - confermò Dwight guardandosi attorno.

Ormai tutti i ragazzi avevano mostrato determinate preferenze per questo o quell'astroscooter, perciò il meccanico non fece altro che porre davanti a ciascuno di loro l'avio-mezzo preferito, intascare la mazzetta e tornare al lavoro nell'officina.

Subito i quattro amici decollarono con un sordo ronzio, seguendo poi il sentiero per raggiungere il boschetto che li avrebbe riparati da eventuali controlli: lì diedero finalmente sfogo al desiderio di volo che avevano così a lungo represso, giocando ed inseguendosi, compiendo manovre ardite e spericolate evoluzioni che avrebbero fatto correre qualche brivido perfino nelle schiene di piloti più esperti.

In preda com'erano all'eccitazione e al divertimento, non si accorsero dell'inesorabile scorrere del tempo neppure dal lento ma costante movimento del disco solare lungo la volta celeste.

Poi, a un certo punto, Hyles credette di scorgere qualcosa, o forse qualcuno in mezzo agli alberi, sul sentiero principale, nei pressi dell'officina. Gli altri ragazzi erano più distanti, nascosti dietro una curva, perciò Hyles decise di rallentare per cercare di capire di cosa si trattava. Aveva una strana sensazione, e all'improvviso iniziò a sudare: ma non era per il caldo. Il ragazzo fermò l'astroscooter a mezz'aria, sollevò leggermente la visiera del casco e strizzò gli occhi per riuscire a mettere a fuoco la figura che scorgeva in mezzo alle piante: subito gli prese un groppo alla gola, e il cuore iniziò a martellargli freneticamente nel petto non appena capì di chi si trattava, e gli sfuggì un gemito di puro terrore quando si accorse che, oltretutto, si stava dirigendo verso il boschetto.

153

Immediatamente il ragazzo girò il suo astroscooter e schiacciò al massimo il pulsante dell'accelerazione per correre ad avvertire i suoi compagni: ma quando raggiunse la curva, capì di aver esagerato. Istintivamente premette il tasto del freno e si piegò sulla sua sinistra cercando disperatamente di rimanere in traiettoria, ma l'astroscooter sbandò e, mentre Hyles operava l'ultimo tentativo per riprenderne il controllo, si ritrovò improvvisamente sbalzato per aria, compì due giri della morte e ricadde pesantemente sul fianco destro, continuando poi a rotolare a terra per un'altra decina di metri fino a che non si fermò ai piedi di un pino.

- Hyles! - esclamò Rigel atterrandogli accanto e saltando giù dall'astroscooter per sincerarsi delle sue condizioni.

- Hyles! - gridarono all'unisono Kyril e Dwight imitando subito "R 'n B".

- Hyles! - urlò una quarta voce, e i tre ragazzi impallidirono all'istante.

Si voltarono lentamente, e subito lo videro accorrere da dietro la curva, verso di loro.

- Hyles! - chiamò ancora il Preside Giffed. - Hyles! Stai bene? -

Ma il ragazzo non rispondeva, e per un attimo si gelò a tutti il sangue nelle vene. Poi Rigel decise di togliergli il casco per favorirgli la respirazione e, dopo qualche istante di angoscia ed apprensione, finalmente Hyles riaprì gli occhi, tossendo e gemendo per il dolore.

- Sta' calmo - gli disse Rigel. - Devi stare tranquillo: adesso ti portiamo in infermeria, ok? -

Giffed annuì, raccomandò ai tre ragazzi di non muovere l'amico per nessun motivo e poi corse all'officina, che era elettronicamente collegata con l'infermeria in modo da poter assicurare soccorsi tempestivi in caso di incidenti all'interno dei circuiti.

Nel frattempo, Kyril e Rigel cercavano di prendersi cura di Hyles, mentre Dwight continuava a mordersi le mani passeggiando nervosamente avanti e indietro.

- Siamo calli! - ripeteva, cercando di farsi notare dai suoi due compagni. - Stavolta l'abbiamo fatta dena... stavolta ci cacciano! -

Ma né Kyril né Rigel sembravano far caso alle sue catastrofiche considerazioni, presi com'erano nel cercare di rassicurare l'amico ferito.

- Non è niente... - diceva Kyril. - Sei un ragazzo forte... vedrai che un paio di giorni di riposo ti rimetteranno in sesto -.

- Sì... - continuò Rigel, - e noi ti aspetteremo per tornare a giocare tutti insieme, okay? -

In quel momento ritornò, tutto trafelato, il Preside Giffed, mentre già un ronzio in lontananza annunciava l'imminente arrivo di un'ambulanza.

- P...Preside , balbettò Dwight.

Ma l'anziano professore lo fulminò con lo sguardo.

- Ora non è il momento, Jorkey. Dovrei... dovrei... -

Giffed aveva il viso rosso di collera mentre agitava l'indice della mano destra davanti al viso di Dwight. Subito dopo, però, il Preside volse lo sguardo verso

Rigel e Kyril che, con gli occhi bassi e contriti, intrisi di afflizione, continuavano a prendersi cura di Hyles, e all'improvviso la sua collera sembrò sbollire. Sospirò mentre tornava a rivolgersi, in tono più pacato, a Dwight.

- Adesso bisogna solamente pensare a portare Reed in infermeria - concluse.

Frattanto era arrivata l'ambulanza, e i lettighieri erano subito accorsi per porre delicatamente Hyles sulla barella e poi riportarlo in fretta e furia all'Hurn-Lith. Il Preside salì sull'ambulanza assieme a lui, mentre i tre ragazzi corsero a perdifiato dal boschetto finché non raggiunsero l'infermeria, che si trovava al quarto piano dell'edificio scolastico.

Entrarono spalancando le porte e guadagnandosi un rimprovero da parte del responsabile, il medico Tysan, e subito raggiunsero il letto dove stava riposando Hyles.

- Ehi, ragazzi! - li salutò lui allegramente.

- Ciao, Hyles! - esclamarono tutti in coro. - Allora, come stai? -

- Bene, bene… per fortuna sembra che non abbia nulla di rotto, anche se ho preso una bella salta… -

I tre ragazzi tirarono un sospiro di sollievo.

- Allora… - proseguì Rigel, - quando ti fanno uscire di qui? -

- Già - si inserì Kyril. - Quand'è che torni nel gruppo? Già ci manchi, lo sai? -

Hyles sorrise.

- Non lo so, non me l'hanno detto... -, rispose poi. - Ma se non ho niente, non potranno mica farmi rimanere qui, no? -

I tre giovani sorrisero, sinceramente sollevati nel vedere che il loro amico stava davvero bene, e non aveva riportato danni non solo nel fisico, ma neppure nel morale.

- Ma come avrà fatto il Preside a scoprirci? -, domandò ancora Hyles.

Rigel alzò le spalle.

- E chi lo sa? -, fece Kyril, pensoso.

In effetti, la domanda se l'era posta già anche lui, pur senza trovare una spiegazione convincente.

- Ehm ehm... -, fece una voce alle loro spalle.

I tre ragazzi si voltarono di scatto, e si trovarono di fronte il medico Tysan.

- Il Preside vorrebbe vedervi nel suo ufficio - annunciò. - Adesso... -

Rigel annuì, mentre Kyril sospirò e Dwight deglutì. Poi, rassegnati, salutarono Hyles assicurandogli che sarebbero tornati a trovarlo e, con passo molto lento, si diressero verso le scale che li avrebbero portati al primo piano, dove si trovava la Presidenza.

Durante il tragitto, scorsero Henryk assieme alle sue due compagne. Non appena li vide, il ragazzo iniziò a ghignare, poi fece un cenno a Kyril e gli urlò:

- Non ve l'avevo detto di stare attenti? -

Di colpo, i tre amici compresero chi ci fosse dietro all'improvviso blitz del Preside, e ci volle tutto l'autocontrollo di Rigel per impedire a Kyril e Dwight di scagliarsi contro Henryk col rischio di aggravare ulteriormente una situazione già assai poco rosea. Capita l'antifona, comunque, Henryk si allontanò con le sue amiche, e i tre ragazzi poterono dunque prendersi qualche istante per far sbollire la rabbia prima di raggiungere l'ufficio del Preside.

Giffed li attendeva seduto alla sua scrivania di thera, e quando entrarono li scrutò uno ad uno, annuendo con sguardo apparentemente impassibile. Li invitò a sedersi, ma i tre ragazzi preferirono restare in piedi. Il Preside intrecciò le dita e poi appoggiò le mani sulla scrivania.

- Mi auguro che abbiate compreso la gravità delle vostre azioni... - esordì l'anziano professore.

I tre giovani abbassarono lo sguardo chinando il capo verso terra. Giffed sospirò.

- Ragazzi - proseguì, - quello che vorrei farvi capire è che, se esistono delle regole, non è per crudeltà nei vostri confronti: al contrario, è per proteggere la vostra incolumità!

Forse quanto sto per dirvi vi stupirà, ma sono stato giovane anch'io - (a Rigel scappò una risatina, ma si ricompose subito) - e so bene che, alla vostra età, è difficile rendersi veramente conto di cosa sia pericoloso, perché si vive tutto come un gioco, o come una sfida... finché non capitano incidenti come quello occorso al vostro amico - e dobbiamo ringraziare il Signore che Reed non si sia fatto praticamente nulla -.

I tre ragazzi annuirono gravemente, e Giffed si mostrò compiaciuto.

- Bene - disse poi, - sembra che abbiate capito la lezione, il che vi fa onore. Tuttavia, non posso esimermi dal prendere dei provvedimenti... -

Dwight capì cosa intendesse dire, e deglutì, preparandosi al peggio.

- Ritengo - proseguì il Preside, - che un mese senza uscire dall'Hurn-Lith possa essere una punizione adeguata per voi... anche perché ho l'impressione che i compiti extra che vi aspettano non vi lascerebbero comunque molto tempo libero... -

Dwight rimase letteralmente a bocca aperta. "Ma come?", si chiedeva, "Per aver fatto molto meno siamo stati puniti molto più severamente!"

Il ragazzo ricordava bene come l'aver liberato delle rane nel Laboratorio di Scienze era costato a lui e Kyril una sospensione di tre giorni dalle lezioni, e non riusciva davvero a spiegarsi come mai Giffed avesse deciso di optare per un provvedimento così indulgente dopo una bravata assai più grave di tutte le altre messe insieme!

Dwight si voltò verso i due amici, e all'improvviso si accorse che Kyril stava facendo come un segno d'assenso a Rigel, ed ebbe la strana sensazione che ci fosse come un patto segreto tra di loro, un'alleanza occulta nata forse per celare qualcosa di importante, e dalla quale lui era stato evidentemente escluso.

- Potete andare - disse il Preside.

- Sissignore! Grazie, signore! - esclamarono i tre ragazzi in coro.

Quando la porta si fu richiusa alle loro spalle, Dwight provò a chiedere spiegazioni in merito a quanto era appena accaduto, ma venne subito interrotto.

- Andiamo in infermeria! - esclamò "Doppia K". - Hyles sarà preoccupato -.

Senza che Dwight potesse esprimere dubbi o sollevare obiezioni, i tre ragazzi corsero di nuovo su per le scale finché non raggiunsero nuovamente il quarto piano.

- Cos'è successo? - domandò subito Hyles, il cui volto esprimeva in effetti una certa apprensione.

Rigel lo mise subito al corrente di quanto era avvenuto - prodigandosi tra l'altro in tutta una serie di epiteti poco lusinghieri nei confronti di Henryk - e, quando rivelò l'entità della punizione inflitta loro dal Preside, Hyles non riuscì a trattenere una sonora risata, che suscitò sorrisi di soddisfazione e di sollievo anche da parte di Kyril e dello stesso "R 'n B".

- Ma insomma! - sbottò Dwight. - Sono l'unico qua dentro che trova la cosa molto strana? -

- No, no - si affrettò a replicare il biondino, - ma se abbiamo avuto la fortuna di trovare il Preside in giornata buona, non vedo perché dovremmo farcene un problema... -

- Senza contare - aggiunse subito Kyril, - che così possiamo già iniziare a pensare a un modo per farla pagare a quell'olcek... -

"Doppia K" si girò verso Rigel, che annuì convinto, confermando a Dwight l'impressione che aveva già avuto qualche minuto prima, e cioè che i suoi due amici lo stessero tenendo all'oscuro di qualcosa.

"Ma che ragione avrebbero?" si chiedeva. "E quale segreto mi starebbero nascondendo?" E a queste domande non riusciva a trovare nessuna risposta.

XVIII.

La tunica scura dell'Uomo Senza Volto sembrava
ancora più tetra ed oscura sotto la debole
illuminazione della sala delle comunicazioni della
reggia di Vainomed, e soprattutto alla luce del cieco e
inarrestabile furore che sembrava scaturire
direttamente dall'inquietante figura del Maestro.

- Ancora niente! - sbottò con un moto di rabbia. - Lo
abbiamo cercato per tutto l'universo, fino ai suoi più
remoti e inesplorati confini, e ancora niente! -

Tares Ybil continuava a fronteggiare la colonna
olografica con uno sguardo vacuo e indifferente, in
cui tuttavia sembrava lampeggiare ogni tanto qualche
occhiata di pura compassione nei confronti del suo
interlocutore.

- Stavolta il tuo amico è in difficoltà, Maestro? -
domandò con un sorriso maligno.

L'Uomo Senza Volto non replicò, lasciando che fosse
il silenzio a rispondergli, un silenzio carico di

malvagità ed oppressione. Ma stavolta il *Signore della luna oscura* non sembrava per nulla intimidito.

- Forse non ti è ancora chiaro - sospirò allora il Maestro, una nota di pura malvagità nella voce - che il mio... amico... porta avanti i nostri interessi, Maestà... -

- Quello che per ora mi è chiaro è che non lo sta facendo nel modo più opportuno, Maestro... -

L'Uomo Senza Volto restò immobile e in silenzio per qualche istante, rimuginando sulle parole di Tares Ybil.

- Per caso - domandò poi, - quel paio di neuroni che perfino tu dovresti possedere si sono finalmente incontrati, e nella tua mente vuota e inconcludente ha fatto capolino un'idea? -

- Non so se sono in grado di rispondere, Maestro: dovrò prima aspettare che i miei due neuroni si rincontrino... -

L'Uomo Senza Volto parve molto colpito dall'atteggiamento di sfida di Tares Ybil, e si chiese se potesse davvero significare che il *Signore della luna oscura* aveva trovato una freccia per il suo arco.

- Ti ascolto... - disse poi, con un tono che non ne mascherava affatto la riluttanza e i dubbi.

- Facciamo un gioco -, replicò Tares Ybil facendo un cenno a Crayben.

Subito il capo-tecnico gli porse un libro, che il *Signore della luna oscura* aprì di fronte all'immagine dell'Uomo Senza Volto, rivelando un'antica cartina geografica.

- Se ti venisse chiesto -, proseguì Tares Ybil, - di scegliere un nome a caso su questa eremia, un nome a cui a tuo avviso nessun altro potrebbe mai pensare, quale sceglieresti, Maestro? -

L'Uomo Senza Volto sospirò, e poi rispose con il tono di chi cerca di assecondare un pazzo, o un imbecille.

- Senza alcun dubbio il nome di una città poco importante, un nome scritto talmente piccolo che si faticherebbe persino ad individuarlo -.

- Esatto, Maestro: ma ci penserebbero tutti... E se io invece scegliessi il nome scritto con caratteri più grandi, un nome che è sotto gli occhi di tutti ma a cui nessuno dà credito, non credi che avrei maggiori possibilità di ingannare i miei avversari? -

L'Uomo Senza Volto inarcò leggermente la schiena come a significare di aver compreso ciò che il suo interlocutore intendeva dirgli, e Tares Ybil gli rivolse un ghigno malefico.

- Il modo migliore di nascondere qualcosa - concluse il *Signore della luna oscura*, - è metterla sotto gli occhi di tutti... -

- Vuoi forse dire... - fece il Maestro dopo qualche ulteriore secondo, - vuoi dire che Lorin potrebbe... -

- Esatto, Maestro: Uniland -.

L'Uomo Senza Volto scoppiò in una sonora risata.

- Ma certo! - esclamò. - Uniland! Quale posto migliore per nascondere un bambino di un luogo dove si può confondere con altri ragazzi? Devo farti i miei complimenti, Maestà: credevo che avessi difficoltà perfino a formulare un pensiero, ma stavolta mi hai davvero stupito... -

- Non dovresti sottovalutarmi, Maestro... e comunque ora mi aspetto che sia il tuo amico a stupirmi... -

- No! Non sarebbe prudente! Manderai tu i tuoi uomini su Uniland a cercare il bambino, e con la massima segretezza! E, dopo che lo avranno trovato, potremo finalmente agire... -

- Non credi che il fatto di non averlo mai visto potrebbe costituire un ostacolo, Maestro? -

- Un ostacolo si può sempre aggirare, Maestà... -

L'Uomo Senza Volto scoppiò nuovamente in una sonora risata, subito imitato anche dal *Signore della luna oscura*.

- Laì hàss sernèl! -, esclamò poi tornando serio tutt'a un tratto.

- Laì hàss sernèl! -, esclamò Tares Ybil in risposta.

Poi l'Uomo Senza Volto interruppe la comunicazione, lasciando che il *Signore della luna oscura* rivolgesse a Crayben il suo ghigno di feroce soddisfazione, il sorriso maligno che, per una volta, illuminava l'oscura notte del suo trionfo.

XIX.

Doyner non aveva quasi fatto in tempo neppure a rimettere piede sul suolo di Astragon che già gli uomini dei Servizi Segreti gli avevano fatto pervenire due dispacci urgentissimi: il primo riguardava Sackville, e il Capo dell'ASSE ne avrebbe parlato a tempo debito con Faidon; il secondo invece riguardava la possibile ubicazione del quinto sigillo, e Doyner decise subito di mandare un messaggio urgente a Jordan per informarlo della novità.

Il Principe, che dal successo della missione di Semel non aveva ancora avuto il tempo di ritornare su Astragon, aveva appena ultimato dei test di Formula Intergalattica attorno al Sistema Solare quando ricevette le coordinate inviategli da Doyner: undicesimo quadrante, ventottesimo sistema, terzo pianeta.

- Lerna - spiegò Jordan a Gei-2 mentre la sua navicella saltava nell'iperspazio.

- Ler-na-si-gno-re? -

- Sai perché si chiama così? -

- No-si-gno-re -.

- Perché vi è stata scoperta una rarissima colonia di idre -.

- I-dre-si-gno-re? -

- Animali che fino a non molto tempo fa si credevano leggendari. Nell'antica mitologia terrestre fu un eroe, Eracle, ad affrontare un'idra in una palude chiamata appunto "Lerna". Non certo un'impresa facile, visto che quando le tagliava una delle teste ne rinascevano immediatamente altre due... -

- Te...te-ste-si-gno-re? - balbettò il robottino.

- Non te l'ho detto? Ne hanno nove -.

- Ma...ma-non-è-pos-si-bi-le-che-per-o-gni-te-sta-ta-glia-ta-ne-na-sca-no-al-tre-due! -

Jordan scoppiò a ridere.

- È soltanto un mito, Gei-2... anche se è vero che vi sono degli animali che, se fatti a pezzi, possono dar vita a tanti piccoli cloni -.

- E-co-me-fe-ce-E-ra-cle-a-uc-ci-de-re-il-mo-stro-si-gno-re? -

- Grazie all'aiuto del nipote, Iolao, che, dopo che Eracle aveva tagliato le teste, bruciava le ferite così da cicatrizzarle, per evitare che potessero rinascere altre teste da quella appena recisa -.

- Ma-è-sol-tan-to-u-na-leg-gen-da-ve-ro-si-gno-re? -

- Immagino che lo scopriremo presto... - rispose Jordan mentre la meta del loro viaggio appariva per la prima volta di fronte alla navicella.

Lerna era un pianeta piccolissimo, prevalentemente acquatico e assai scarsamente popolato anche per quanto riguardava le terre emerse, che consistevano prevalentemente in tre grandi isole: sulla prima e la terza erano presenti degli insediamenti umanoidi, mentre la seconda, al centro della quale svettava un enorme vulcano spento, era l'isola delle idre.

- Non è comunque detto che dovremo sbarcarci... - commentò Jordan più per farsi coraggio che non per rassicurare Gei-2.

Il Principe indossò gli occhiali scuri e poi prese la teca di metallo nella quale conservava ancora la copia del sigillo che gli aveva consegnato Faidon, e il sigillo originale che aveva estratto dalla tomba di Olek a Semel.

Dal momento che intendeva solamente sorvolare il pianeta, decise di porre la teca con la copia sopra al pannello di comando e, dopo aver messo al sicuro il sigillo autentico all'interno di uno scrigno, ordinò a Gei-2 di portarlo nella stiva perché non influenzasse con la sua presenza la luminosità della copia.

Per scrupolo, e anche perché le ridotte dimensioni del pianeta gli avrebbero comunque consentito di non sprecare troppo carburante, Jordan decise di sorvolare il grande oceano di Lerna, ottenendone il risultato che si aspettava: la copia del sigillo non si illuminò.

Il Principe passò poi sopra la prima e la terza isola del pianeta, immaginando che il quinto sigillo potesse essere stato nascosto in uno dei rari centri abitati. Ma si sbagliava.

In preda a una crescente inquietudine, Jordan si decise infine a sorvolare la seconda isola, la più grande e la più florida, grazie alle antiche eruzioni che avevano reso il terreno particolarmente fertile, favorendo il prosperare di piante e animali, tra i quali spiccavano ovviamente le idre. Gei-2 fu il primo ad avvistarne una, e Jordan, malgrado l'apprensione, non poté fare a meno di fermarsi a mezz'aria per ammirarla, incantato. Subito ne apparve una seconda, e poi una terza: sembrava che stessero fissando l'astronave, forse anch'esse incuriosite da quella strana apparizione, ma dopo un po' decisero di inoltrarsi nella fitta foresta, probabilmente in cerca di un po' di cibo. Il Principe decise allora di ultimare il volo attorno all'isola, ma anche in questo caso il metallo della copia rimase freddo ed insensibile.

- Che-co-sa-si-gni-fi-ca-si-gno-re? -, domandò il robottino.

- Non saprei, Gei-2... forse il sigillo si trova sotto terra, e la grande massa rocciosa che lo sovrasta funge da schermo nei confronti della copia... -

- Sot-to-ter-ra-si-gno-re? -

- All'interno del vulcano, Gei-2... nella tana delle idre... -

Il robottino rimase in silenzio, e Jordan ebbe l'impressione che, se avesse potuto farlo, avrebbe deglutito. Il Principe individuò subito un grande antro che, anticamente, doveva aver funzionato da valvola di sfogo del magma, e che ora fungeva probabilmente da ingresso per i grandi animali. Jordan fermò la navicella a mezz'aria, prese la teca metallica, afferrò un astroscooter e spinse un pulsante per far aprire un portellone mobile.

- È il momento di usare il tuo nuovo gadget, Gei-2 -, disse, e subito lanciò il suo aviomezzo nel limpido cielo di Lerna.

Immediatamente, il robottino premette un tasto sul proprio personale pannello di comando, e sulla sua schiena metallica iniziò a spuntare un'asta che reggeva un'elica, che prese a vorticare dapprima lentamente, poi sempre più rapidamente, finché Gei-2 non poté a sua volta gettarsi nel vuoto, seguendo il suo padrone.

Atterrarono di fronte alla caverna, che vista da vicino appariva ancora più grande di quanto Jordan non avesse osato sospettare, il che gli fece venire qualche dubbio anche sulle reali dimensioni delle idre.

Nascose l'astroscooter tra i cespugli, impugnò la spada laser e chiuse gli occhi per un attimo, sospirando e cercando di farsi coraggio. Aveva appena mosso il primo passo verso l'antro, quando dalla foresta risuonò, improvvisa, una voce di donna:

- Fermati, viandante! Non è qui ciò che cerchi! -

Il Principe si voltò di scatto, gettando rapide occhiate a destra, a sinistra e in ogni direzione, ma senza individuare nessuno.

- Chi sei? - gridò allora.

- Non entrare! - fu la risposta. - Non sfidare la furia del mostro senza l'arma che nasce dal cuore! -

"L'arma che nasce dal cuore?!"

- Ma di che cosa stai parlando? -

Ma stavolta la voce tacque.

- Ehi! - gridò Jordan. - Dico a te! Che cosa vuoi dirmi? -

Ma l'unico rumore che gli rispose fu un ruggito che echeggiò in lontananza. Jordan deglutì, e poi fissò la sua spada laser.

- Sei tu l'unica arma di cui mi fido... - sussurrò. E poi, rivolto a Gei-2, aggiunse: - Andiamo! -

Ed entrò per primo nella caverna, subito imitato dal robottino. Avanzarono con circospezione, accostati alla parete rocciosa, alla sola luce della spada laser del Principe, nella speranza di veder finalmente accendersi la copia del sigillo. Ebbero un momento di smarrimento solamente quando giunsero ad un bivio.

"E adesso?" si chiese Jordan.

- Si-gno-re! Si-gno-re! Guar-da-te! -

Gei-2 stava indicando la via di sinistra, ma il Principe non riusciva a vedere nulla. Decise di avvicinarsi per illuminare quel tratto di strada con la spada laser, e finalmente scorse anche lui quello che il robottino aveva notato: ossa animali sparse sulla pietra, alcune ancora avvolte da sciami di insetti brulicanti, teschi inquietanti che rivolgevano le orbite vuote ed inquietanti ai viaggiatori, come un oscuro presagio.

- For-se-è-me-glio-pren-de-re-l'al-tra-vi-a-si-gno-re... - suggerì Gei-2.

Il robottino fece un passo verso la strada di destra, ma Jordan lo fermò.

- Se tu dovessi nascondere qualcosa di prezioso come un sigillo - disse, - con l'idea di fargli fare la guardia da quei mostri, quale posto sceglieresti? -

- La-lo-ro-ta-na-si-gno-re -.

- Esatto, Gei-2: ecco perché prenderemo l'altra via… -

Jordan prese ad avanzare, sempre lentamente e sempre con tutti i sensi in allerta, lungo la strada di sinistra, seguito a pochi passi dal robottino. Mentre camminavano, si resero conto che la luminosità andava gradatamente aumentando, ma il Principe dovette constatare con un certo sconforto che non era opera della copia del sigillo. Avanzarono ancora per qualche minuto, finché non vennero investiti appieno da un'improvvisa ondata di luce che per qualche istante impedì a Jordan di vedere dove stava andando. Ciononostante, il Principe si ostinò a voler avanzare, dimentico del fatto che spesso i camini di vulcani spenti vengono colmati dalle acque piovane, con il risultato che non si avvide di essere giunto sulla sponda di un immenso lago sotterraneo, e Gei-2 dovette richiamarlo per impedirgli di cadere in acqua. Dopo aver ringraziato il robottino, Jordan gettò una fugace occhiata alla copia del sigillo, che non poteva essere più fredda, e poi guardò in alto, scorgendo il sole di Lerna attraverso il grande cratere, comprendendo che si trovava ai piedi di quella che un tempo doveva essere stata la camera magmatica.

- Ho come l'impressione che abbiamo sbagliato strada, Gei-2 -.

- Al-lo-ra-tor-nia-mo-in-die-tro-si-gno-re? -

Proprio in quel momento, un feroce e sonoro ruggito echeggiò sotto la volta di pietra della caverna.

- Direi di sì, Gei-2 -, rispose il Principe. - E in fretta, anche! -

Jordan prese a correre verso l'uscita senza aspettare il robottino, che rimase leggermente attardato: all'improvviso, però, il Principe avvertì chiaramente una serie di tonfi sordi sul pavimento di pietra. Sgomento, decise di disattivare la spada laser e ripararsi dietro un costone di roccia che sorgeva di fronte alla parete di destra, nella speranza che l'idra non percepisse il suo odore, e fece segno a Gei-2 di fare altrettanto.

Non passarono che pochi istanti, e poi un gigantesco esemplare femmina comparve all'imbocco della strada di pietra. Dal suo nascondiglio, Jordan osservò le nove teste del mostro che sembravano beccarsi, attorcigliandosi e poi riprendendo la propria posizione in quello che aveva tutta l'aria di un gioco. Il Principe trattenne anche il respiro mentre l'idra passava a pochi passi da lui, pronto a scappare al minimo segno di distrazione del mostro.

Poi, però, l'animale sollevò una delle nove teste, che sembrò iniziare ad annusare l'aria, subito imitata anche dalle altre. Jordan si appiattì contro la roccia, ma Gei-2 vide chiaramente le nove teste voltarsi contemporaneamente nella direzione in cui si trovava il Principe.

- Si-gno-re! Si-gno-re! , gridò il robottino, anche nella speranza di riuscire a distrarre il mostro.

Ma l'idra continuò a protendere le sue nove teste verso il costone di roccia emettendo una serie di sordi ruggiti. Poi ci fu il silenzio. Jordan, nel tentativo di capire cosa stesse succedendo, provò a fare un passo alla propria destra, ma non riuscì a scorgere altro che la limpida superficie del lago. Provò allora a spostarsi appena alla propria sinistra, e se lo trovò davanti: un grande occhio giallo che lo fissava.

Il Principe fece un balzo all'indietro mentre la testa del mostro faceva saettare nell'aria la lingua biforcuta, e le altre otto riprendevano ad emettere fischi e ruggiti. Jordan afferrò la spada laser e, quando la testa del mostro attaccò, scartò appena alla propria destra e menò un fendente sul collo, recidendo di netto la testa.

L'idra si sollevò sulle due zampe urlando e fischiando per il dolore, e il Principe ne approfittò per indietreggiare verso la parete, dove aveva scorto un'apertura nella roccia che era sicuramente troppo stretta per l'idra. Ma quello che accadde dopo lo lasciò letteralmente a bocca aperta: osservando attentamente la base del collo sanguinante del mostro, Jordan notò chiaramente che c'era del movimento, una sorta di attività biologica!

Interdetto, il Principe rimase così colpito che quasi non si accorse del successivo attacco di altre due teste, che evitò indietreggiando ulteriormente. Ormai consapevole del fatto che la spada laser non sarebbe servita a risolvere il problema, Jordan corse fino all'apertura nella roccia e si gettò al suo interno. L'idra provò a protendere le sue teste e fece saettare nell'aria la lingua serpentina nel tentativo di raggiungerlo, ma ben presto dovette desistere. Il Principe si guardò attorno, e notò che quello che aveva giudicato un semplice crepaccio era in realtà una sorta di corridoio naturale: percorrendolo, Jordan si ritrovò ben presto a sbucare in un'altra stanza di pietra, meno illuminata perché non posta sotto il cratere, al centro della quale troneggiava una curiosa scultura che sembrava rappresentare un flauto.

Il Principe avanzò cautamente guardandosi intorno, e subito scorse una grande apertura nella roccia alla sua destra: affacciandosi, Jordan capì di essere giunto nel luogo dove l'avrebbe portato la via che aveva scartato, e comprese che il crepaccio costituiva una sorta di collegamento tra le due grandi stanze di pietra. Lanciò allora un'occhiata alla copia del sigillo, che però continuava a non illuminarsi.

"Possibile?", si domandò.

Improvvisamente, udì un ruggito e dei sibili in lontananza. Deglutì, cercando di mantenere i nervi saldi. Iniziò ad indietreggiare lentamente verso il flauto di pietra e, quando fu giunto a pochi passi da esso, sentì alle sue spalle un rumore di sassolini che cadevano al suolo. Si voltò di scatto brandendo la spada laser, il volto pallido, gli occhi sgranati, e menò un fendente nel vuoto.

- Si-gno-re! Si-gno-re! -

Jordan rimase con l'arma nel pugno, il respiro affannoso, le gambe che gli tremavano.

- Da dove sbuchi, tu...? -

- Vi-ho-se-gui-to-si-gno-re -.

Il Principe rimase a bocca aperta, cercando invano le parole adatte per controbattere alla semplicità della risposta di Gei-2: alla fine rinunciò, limitandosi a scuotere la testa.

- Che-cos'è-quel-lo-si-gno-re? - chiese il robottino indicando la scultura di pietra.

- Sembra un flauto, Gei-2 -.

- E-per-ché-lo-han-no-mes-so-lì-si-gno-re? -

Jordan si voltò a fissarlo.

- Perché lo han… Cioè, fammi capire: tu pensi che sia opera di qualcuno? -

- È-trop-po-per-fet-to-per-es-se-re-o-pe-ra-del-la-na-tu-ra-si-gno-re… -

Il Principe tornò ad osservare la scultura: era davvero perfetta, con l'imboccatura laterale e gli altri sedici fori, e a Jordan parve perfino di scorgervi all'interno un complesso sistema di chiavi e leve.

- Hai ragione - disse. - Non può essere opera della natura… ma allora a quale scopo si trova qui…? -

Senza aspettarsi risposta, il Principe passò la mano sulla scultura per tutta la sua lunghezza fino ad arrivare al foro laterale per l'imboccatura, e a quel punto sentì improvvisamente un soffio d'aria fresca accarezzargli il braccio, provocandogli un leggero fremito. Guardando con attenzione la parete di pietra che gli era di fronte, scorse una piccola apertura nella roccia, attraverso la quale filtrava la lieve brezza che lo aveva sfiorato, oltre ai raggi che davano luce all'ambiente.

- Strano… - commentò. - Credi che anche questo faccia parte del gioco? -

Improvvisamente, un ruggito incredibilmente vicino li fece sobbalzare entrambi e, mentre l'idra faceva capolino nella stanza di pietra, Jordan si nascose dietro la scultura e disattivò la spada laser, conscio del fatto che non solo sarebbe stato inutile servirsene, ma che addirittura avrebbe potuto aiutare il mostro a localizzarli.

- La-vo-ce-a-ve-va-ra-gio-ne-si-gno-re - sussurrò Gei-2.

- Già... se solo sapessimo qual è l'arma che na... -

Il Principe si bloccò e iniziò a fissare la scultura e poi l'apertura nella roccia, folgorato da un'improvvisa intuizione.

- Gei-2... - disse, - conosci "Il pifferaio di Hamelin"? È un'antica storia terrestre sulla potenza della musica, che può essere un'arma veramente letale... -

- Vo-le-te-di-re-che... -

- Provare non costa nulla, Gei-2: attiva la tua elica, e simula il vento che dovrebbe penetrare attraverso quell'apertura! -

Il robottino fece quanto gli era stato ordinato, ma nell'ambiente non si diffuse che un unico suono, acuto e assai sgradevole, che sembrò far aumentare la furia dell'idra. Jordan iniziò a guardarsi attorno alla disperata ricerca di una via d'uscita, ma il mostro bloccava con la sua mole entrambi i passaggi, e l'apertura sulla parete era troppo piccola per lui.

- La-mu-si-ca! - gridò Gei-2 per riuscire a sovrastare il frastuono. - De-ve-na-sce-re-dal-vo-stro-cuo-re-si-gno-re! -

Il Principe lo fissò con gli occhi sgranati, e poi tornò ad osservare il mostro: ormai non gli rimaneva più molto tempo. Annuì, strinse i pugni e fece un balzo verso i sedici fori della scultura, e poi, chiudendo gli occhi, iniziò a coprirli e scoprirli al ritmo dettatogli dal suo cuore, seguendo la dolce e lieve armonia che si librava nell'aria, una melodia serena e rilassante, che sgorgava direttamente dalla sua anima.

Quando la musica cessò e Jordan osò riaprire gli occhi, l'idra giaceva al suolo, addormentata. Il Principe si lasciò sfuggire un sorriso, e fece un gesto d'assenso al robottino.

- Bravo, Gei-2! Ora però andiamocene! -

- E-il-si-gil-lo-si-gno-re? -

- Non c'è nessun sigillo, Gei-2: gli uomini di Doyner si sono sbagliati -.

Non dissero più una parola finché non furono sbucati di nuovo all'aria aperta, e Jordan si diresse verso i cespugli dove aveva nascosto il suo astroscooter.

- Sei stato bravo, Jordan Rayos dei Garidi! -

L'udire di nuovo quella voce, e soprattutto il sentir pronunciare il proprio nome fecero sobbalzare il Principe, che si voltò immediatamente alla sua destra: una donna lo stava fissando, dagli occhi violetti e dai lunghi ed ispidi capelli neri, striati di azzurro e di verde, di rosso fuoco ed oro, che ricadevano sopra alla vecchia e logora tunica verde che indossava. Sembrava giovane in apparenza, almeno a giudicare dal viso, dalla pelle liscia e dalle guance piene, ma l'aspetto da fattucchiera indusse Jordan a una certa cautela.

- Chi sei? - domandò. - Come conosci il mio nome? -

- Il tuo nome è scritto nel vento, messaggero del destino! -

Il Principe la fissò attonito.

- Sei stato bravo -, proseguì la donna. - Ti sei immerso fin nelle profondità della tua anima, e hai lasciato che dal tuo cuore sgorgasse l'arma che il cuore colpisce! Ma sta' attento: perigliosa è la tua ricerca, numerosi ostacoli io vedo al tuo trionfo, molte nubi si addensano attorno alle tue speranze! Dovrai combattere i quattro elementi, senza che il sole più rida, fra lampi di tenebre e gelo! Ma, quando ogni speranza sembrerà perduta, e spenta ogni luce sulla tua strada, volgi gli occhi alla stella del mattino, e un'alba nuova sorgerà, tersa di rugiada, a illuminare ancora la libertà e la pace! -

Jordan rimase immobile, sconcertato dalle parole che aveva appena sentito, cercando di dar loro un senso pur conoscendo i limiti e le difficoltà nell'interpretazione di una profezia.

Un improvviso fruscio lo fece volgere di scatto, così come Gei-2, ma non si trattava che di un piccolo animale del sottobosco. Quando il Principe si girò di nuovo, la donna era sparita.

- Ehi! - chiamò Jordan. - Ehi! Dove sei? Dove…? -

Lo interruppe un sordo ruggito, seguito da sibili e fischi.

- Andiamocene… - disse allora il Principe.

E montò sull'astroscooter decollando immediatamente verso la sua astronave, seguito in volo da Gei-2.

- Co-sa-cre-de-te-che-vo-les-se-di-re-quel-la-don-na-si-gno-re? - domandò il robottino una volta che furono rientrati a bordo della navicella.

- Di preciso non lo so, Gei-2... ma se ha ragione sulle difficoltà che ci attendono come ne ha avuta per il flauto di pietra... beh... comincio a chiedermi se sia veramente un puro caso la nostra presenza qui... -

- Non-cre-de-te-più-che-sia-sta-to-un-er-ro-re-si-gno-re? -

- Chissà, Gei-2... chissà... -

Ed il suo sguardo, oltre che la sua voce, esprimeva tutto il timore e tutta la preoccupazione che Jordan sentiva nascere dai più remoti abissi della sua anima, e che avvertiva ormai, sempre più forte, dentro al suo cuore.

XX.

- Vediamo se ho capito bene: durante il nostro viaggio su Fyman il "caro" Duchino ha pensato bene di cambiare aria per un po'. Il punto è che lui sostiene di essere tornato su Pherr, ma suo fratello, il Governatore Viktor, afferma che di lui non si è vista neppure l'ombra... -

Doyner accolse il termine del riepilogo di Faidon con un convinto e fragoroso applauso.

- Vedo che stai affinando le tue capacità di comprensione... - commentò.

- Mi sono allenato sentendo i discorsi che fai quando sei ubriaco... -

- Vuoi dire che parlo nel sonno?! -

- E fai anche discorsi più sensati di quando sei sobrio... -

- È un metodo da suggerire ai nostri politici, allora... -

Faidon sorrise e scosse impercettibilmente la testa.

- E Sackville - domandò, - come spiega questa... divergenza di opinioni? -

- Veramente stavo per andarglielo a chiedere ora... -

- E perché sei ancora qui? -

- Perché volevo avvertirti che in Senato si trama alle tue spalle -.

- Niente di nuovo, allora... -

- Houer continua a sbraitare che proporrà una legge con la quale ti farà sottomettere alla Curia -.

- Can che abbaia non morde -.

- Sì, però rompe i c... -

- Doyner! -

I due amici scoppiarono a ridere, e Faidon scosse di nuovo il capo, stavolta in maniera più sensibile. Poi l'Imperatore fece cenno all'amico di voler restare solo, e il Capo dell'ASSE, dopo essersi profuso in un profondo inchino, raggiunse la porta e la richiuse alle proprie spalle.

Andò subito alla ricerca di Sackville, che trovò, come si aspettava, nei giardini del Palazzo Imperiale, a passeggio con una delle tante cortigiane sensuali e poco vestite con cui si accompagnava dal giorno della partenza di Mailynn.

- Duca! - esclamò Doyner fingendo di averlo incontrato per caso. - Ma che bella sorpresa! -

- Lo è anche per me, Ministro -.

- E come è andato il viaggio? -

In quel momento, Doyner finse di accorgersi all'improvviso della presenza dell'accompagnatrice e, con tono mortificato, aggiunse:

- Oh, ma che imperdonabile distrazione! -

E fece un lungo baciamano alla cortigiana.

- Spero - le disse poi, - di non aver interrotto una conversazione importante, madamoiselle... -

- Niente affatto, Ministro - la anticipò il Duca. - Le stavo appunto raccontando i dettagli del viaggio -.

- Oh, ma allora non sono l'unico curioso! -

La donna rise di gusto, prima di nascondere il volto dietro a un elegante ventaglio.

- Non dovreste coprire quel delizioso visino, damoiselle - disse Doyner, ormai con l'unico e palese intento di provocare Sackville.

Il quale cadde subito nella rete tesa dal Capo dell'ASSE, e si rivolse alla sua amica dicendo:

- Volete scusarci un attimo, mia cara? -

- Fate pure con comodo... - rispose lei. E subito aggiunse, in tono malizioso: - Duca... -

Sackville si allontanò di qualche passo, subito imitato da Doyner, che però faticava a staccare gli occhi dalla cortigiana.

- Volevate parlarmi? - chiese in tono un po' brusco il Duca.

- In effetti sì: ditemi, come sta vostro fratello? -

Sackville sgranò gli occhi.

- Che cosa c'entra questo con...? -

- Avete detto di essere tornato su Pherr, ma a vostro fratello il Governatore Viktor stranamente non risulta... -

- Ho detto di essere tornato sul mio pianeta, non da mio fratello - ghignò Sackville. - Pherr è piuttosto grande, ed io mi sono limitato a visitare i miei possedimenti -.

- Ma che splendido esempio di amore fraterno... -

- Se non mi credete, potete sempre dimostrare che non dico la verità... -

Il Duca si avvicinò a Doyner finché i loro volti non si sfiorarono.

- Sta a voi... - concluse in un soffio, - provarlo... -

Poi Sackville gli rivolse un sorriso di sfida, e si allontanò ritornando dalla cortigiana. Senza perdere il suo buonumore, Doyner fece per andare a riferire il contenuto del dialogo a Faidon, ma si arrestò quando scorse l'Imperatore alla finestra del suo studio, evidentemente assorto: sapendo quali e quanti pensieri tormentassero l'amico, scelse quindi di rinviare il nuovo incontro ad un momento più favorevole.

Faidon osservava distrattamente da dietro le candide tendine ricamate gli splendidi e rigogliosi giardini della Reggia. Si lasciò sfuggire un sorriso pensando a quanto l'armoniosa spensieratezza della natura contrastasse con i suoi dubbi e le sue preoccupazioni.

Che cosa sarebbe successo ora? Non aveva certo avuto bisogno dei giornali telematici per sapere che gli eventi di Fyman avevano avuto una vasta eco in tutto l'Impero e, ora che la prossima missione era ormai alle porte, Faidon continuava a chiedersi che tipo di accoglienza gli sarebbe stata riservata dai capi dei popoli ribelli cui si apprestava a chiedere di ripristinare le antiche alleanze.

Se, come sosteneva Doyner, fossero veramente rimasti intimoriti dal potere dei *Sette Sigilli dell'Apocalisse* e da quella sorta di intima compenetrazione esistente fra l'aura di luce che erano capaci di sprigionare e lo spirito stesso dell'Imperatore, avrebbero potuto reagire in due modi differenti: cercando essi stessi di raggiungere un accordo che li preservasse dai rischi di una ribellione, assumendo come monito gli avvenimenti di Fyman; o sentendo minacciato il proprio potere, l'eventualità che Faidon pregava che non si verificasse perché avrebbe reso del tutto imprevedibile il comportamento di quei governanti che - l'Imperatore lo sapeva bene - non avrebbero certo esitato a tendergli subdole insidie per liberarsi di lui.

Faidon sospirò. Era inutile perdere tempo in ardite elucubrazioni o tormentarsi per sensazioni e presentimenti poco felici: ancora qualche giorno, e la fantasia avrebbe lasciato il posto alla realtà.

Non furono giornate facili per l'Imperatore, tormentato anche dalla prolungata assenza di contatti con Mailynn, che continuava a rimanere su Ghalaqot ad accudire suo padre, che comunque stava dando costanti segni di miglioramento. La data del ritorno dell'Imperatrice, però, restava ben lontana dall'essere fissata in via definitiva, e intanto Mailynn seguitava a non inviare sue notizie proprio perché l'impegno che aveva assunto le rubava intere giornate, assorbendola completamente e prosciugandole ogni residua energia.

Faidon si sentì quasi sollevato quando Eumen gli annunciò che era tutto pronto per l'imminente partenza, pensando che almeno i suoi doveri di Imperatore gli avrebbero distolto la mente e lo spirito dai suoi pensieri e dalle sue preoccupazioni.

Doyner si presentò direttamente all'astroporto di Astragon, tutto trafelato, alquanto sudato e con i capelli tutti scompigliati, il che fece supporre a Faidon che provenisse dalla Curia.

- Novità dal Senato? - gli chiese dopo avergli lasciato il tempo di riprendere fiato.

- Sembra che il consenso di Houer non sia poi così radicato, dopotutto... -

- Non dirmi che i Senatori sono rinsaviti tutto d'un tratto! -

- Chissà... Hai presente la famosa legge che avrebbe dovuto piegarti al volere della Curia? Beh, adesso il "caro" Houer ha appena finito di arringare i senatori dicendo loro che, nonostante il tuo comportamento ultimamente non sia stato molto "elegante", non è il caso di turbare l'equilibrio che da sempre regna tra le istituzioni... -

- *Qui facere quae non possunt verbis elevant...* [1] -

- Appunto: è chiaro che non ha i numeri per far approvare una simile legge... -

- ...che sarebbe comunque incostituzionale. A parte tutto, poi, forse si era dimenticato chi è che dovrebbe firmarla... -

Doyner sorrise, ma non replicò. In quel momento gli sovvenne che non aveva più avuto occasione di riferire a Faidon lo scambio di battute che aveva avuto con Sackville, e decise di approfittare del viaggio per informarlo del seguito delle indagini.

- Interessante... - fu l'unico commento dell'Imperatore al termine del resoconto dell'amico. - Credi che possa aver detto la verità? -

- Forse in parte: potrebbe essere tornato dai suoi amici ribelli su Pherr... Comunque ho deciso di farlo mettere sotto sorveglianza: si accompagna a donne troppo belle per lui... -

- Un crimine efferato e perverso, non c'è che dire... -

- Ha ferito i miei sentimenti, nonché il mio orgoglio! -

- Doyner, tu l'orgoglio ce l'hai dalla parte dove non batte il sole... -

- Infatti! Sapessi che dolore quando vado in bagno... -

Faidon sorrise e scosse lievemente la testa. L'astronave intanto aveva già compiuto il salto nell'iperspazio, e si avvicinava rapidissimamente alla meta: Ridd, terzo pianeta del sessantaduesimo sistema dell'undicesimo quadrante, il più vicino ad Astragon tra i "ribelli".

La prima cosa che colpì Faidon fu l'aridità del pianeta, che quasi non presentava specchi d'acqua se non per un piccolo mare interno e qualche placido fiume, e la cui superficie era quasi interamente desertica o montuosa. Il Governatore Cober, un uomo alto e robusto, dai muscoli che risaltavano sotto la maglietta da militare, accolse Faidon con calore, quasi con affetto, come se fossero stati vecchi amici, il che fece acuire tutti i sensi non solo all'Imperatore stesso, ma anche e soprattutto a Doyner e Parsell.

La dimora del Governatore era tutt'altro che lussuosa come la piccola reggia di Cynn su Fyman: era piuttosto un'austera fortezza militare, che Cober divideva con molti dei suoi soldati che - era evidente - lui non trattava affatto come dei sottoposti, bensì considerava suoi pari, come facenti parti di un'unica grande famiglia.

Dopo un pasto ben più frugale rispetto a quello offertogli su Fyman, e consumato nella mensa, su due tavoli ai quali sedettero - disarmati - anche i soldati di Cober, Faidon formulò al Governatore la stessa richiesta di rinnovamento dell'alleanza che già aveva proposto a Cynn, mostrando agli astanti il secondo dei *Sette Sigilli dell'Apocalisse*, quello che simboleggiava la guerra, che recava incastonato un rubino rosso come il sangue. Al termine del discorso, Cober abbassò la testa, apparentemente costernato, e Doyner e Parsell misero istintivamente mano alle armi nello stesso identico istante.

- Sono addolorato -, cominciò poi il Governatore, - che le difficoltà o le incomprensioni abbiano potuto portare a questo risultato…

Nobile Imperatore, noi siamo stati attaccati all'improvviso, forse da astronavi di Vainomed! I nostri sistemi di comunicazione sono andati distrutti e noi, impossibilitati a contattare Astragon per chiedere rinforzi, siamo stati costretti a prendere le armi per poter respingere gli aggressori. La nostra non è stata ribellione, ma autodifesa! -

Cober si fermò a spiare la reazione di Faidon, che però rimase impassibile.

- Nobile Imperatore -, proseguì allora il Governatore, - io sono solamente un soldato, e quindi vi prego di perdonarmi se non so fare grandi discorsi… Quello che voglio dire è che mai, mai noi abbiamo pensato di non rispettare l'antica alleanza, neppure per un istante!

Ed è con questo spirito che siamo noi, nobile Imperatore - (Cober si chinò ai piedi di Faidon) - a chiedervi di accettare il nostro aiuto, qualora ne aveste mai bisogno -.

L'Imperatore gli fece cenno di rialzarsi.

- Non sono un tiranno cui si debba fare professione di sottomissione - spiegò. - Vi sono grato per l'aiuto che ci offrite, e lo accetto con tutto il mio cuore, anche se spero di non dovermene mai servire -.

Faidon abbracciò Cober in segno di amicizia, un gesto che provocò un'esultanza a dir poco sfrenata nei soldati presenti nella sala.

- Che la pace e la libertà possano sempre regnare nell'Impero! - esclamò quasi commosso il Governatore.

- Che possano sempre illuminare il cielo di Ridd! Siete un abile Generale, capace e intelligente, e una persona meravigliosa. Chiedetemi qualunque cosa, e ve la concederò -.

Cober scosse la testa.

- Non potrei chiedere nulla per me, che non condividerei subito con i miei soldati… esiste forse qualcosa che abbia un valore maggiore dell'amicizia, del vincolo fraterno che unisce uomini abituati a condividere le stesse esperienze, a combattere le stesse battaglie? No, nobile Imperatore, vi ringrazio, ma non potrei mai chiedere niente per me solo -.

Faidon rimase molto colpito da quella risposta così semplice, eppure così saggia.

- Ho notato che il vostro pianeta vi garantisce poche risorse - disse poi. E, prima che il Governatore potesse replicare, aggiunse: - Volete concedermi l'onore di garantirvi le provviste di cui avete bisogno, e di fornirvi nuovi equipaggiamenti? -

Cober si voltò incredulo verso i suoi uomini, che avevano ancora la bocca aperta dalla sorpresa, ma i cui occhi manifestavano gioia ed entusiasmo misti ad un orgoglio infinito, per il fervore con cui l'Imperatore si interessava dei loro problemi e delle loro difficoltà.

- A nome di tutti i miei uomini -, rispose poi Cober, - non so davvero come ringraziarvi -.

Un nuovo abbraccio sancì l'accordo che avevano stipulato, dopodiché Faidon accettò con entusiasmo l'invito a trascorrere qualche giorno su Ridd, ospite del Governatore. Restò per quasi tre settimane, durante le quali riuscì finalmente a ritemprare il corpo e a purificare lo spirito dalle scorie della politica. Fu davvero a malincuore che Faidon lasciò il pianeta e i suoi anfitrioni e, quando si voltò ad osservare un'ultima volta Ridd, non poté fare a meno di pensare che si era appena messo alle spalle uno dei periodi di maggior serenità e tranquillità della sua intera vita.

XXI.

Con l'arrivo della primavera, e il ritorno delle belle giornate, terminò anche la punizione inflitta ai Quattro Cavalieri dell'Apocalisse. Per l'occasione, tornarono anche a parlarsi Kyril e Stella, la quale, dal giorno dell'incidente occorso ad Hyles, ritenendo il figlio di Doyner il maggior responsabile dell'accaduto, gli aveva praticamente tolto il saluto. A sua volta "Doppia K", offeso da questo trattamento che giudicava ingiusto e sproporzionato, non aveva fatto nulla per tentare di ricomporre la frattura.

In effetti, gli unici che si erano dati da fare durante quel periodo erano stati Dwight, Rigel e lo stesso Hyles, che aveva sempre difeso a spada tratta l'amico e non gli aveva mai attribuito la colpa di quanto era accaduto. A poco a poco, la loro sottile opera psicologica aveva dato i risultati sperati, e la loro costanza e il loro impegno vennero premiati negli ultimi giorni di marzo, quando Kyril e Stella riuscirono finalmente a mettere da parte l'orgoglio, e si scusarono per le incomprensioni reciproche.

Ora che la loro vita aveva ricominciato a correre sul vecchio binario, i Quattro Cavalieri dell'Apocalisse avevano solamente una gran voglia di andare sfogare l'esuberanza che troppo a lungo erano stati costretti a reprimere.

- Perciò andremo subito a fare un giro in astroscooter -, annunciò raggiante Rigel di fronte ad un'incredula Urania.

E dovette sbrigarsi a precisare che stava scherzando, perché Stella aveva già afferrato il pesante libro di Aritmetica, Algebra e Geometria con l'intenzione, piuttosto evidente, di tirarglielo in piena fronte.

In effetti, il primo segnale della ripresa delle attività da parte dei quattro ragazzi l'aveva avuta il giorno precedente Spike Henryk, la cui imponente ricerca di Storia della Terra era stata cancellata da un misterioso virus, guarda caso denominato DKRH.

Dopo essersi goduti la lavata di capo che il loro rivale era stato costretto a subire da parte del Professor Ston, poco propenso a credere a quella che appariva come la più classica delle scuse, i quattro ragazzi avevano deciso di approfittare dell'imminente viri-tadesh - e dei due successivi - per cimentarsi praticamente in tutte le discipline sportive praticabili, da quelle classiche come calcio e tennis, nuoto e ciclismo, atletica e sci - discesa libera, ovviamente - sui monti Leukon, a quelle più moderne: il kar-sata, un gioco mutuato da basket e pallamano in cui due squadre di cinque atleti muniti di apparecchi per la levitazione dovevano infilare un pallone all'interno di due anelli sospesi orizzontalmente e protetti da un portiere; e lo 0G-gam, uno sport che derivava dal rugby, ma giocato in assenza di gravità.

Intorno alla metà di aprile, però, proprio qualche giorno prima di Pasqua, anche loro vennero colti dallo strano torpore e dalla sonnolenza che accompagnano il lento passaggio verso la stagione estiva: i fine settimana sportivi divennero ben presto un ricordo, sostituiti da pigre ed indolenti gite sulle rive del Tiber, dove l'attività più faticosa consisteva nel rimanere sdraiati all'ombra di un antico salice piangente ad ascoltare il placido mormorio del fiume (ma, quando al gruppetto si unirono anche Stella ed Urania, i ragazzi acconsentirono addirittura a studiare qualcosa!); oppure da sporadiche visite al villaggio di Litenburg, un antico borgo che sorgeva al di là del Tiber, costruito su due vie principali, il cardo e il decumano, lungo le quali si trovava praticamente ogni tipo di negozio o di locale in grado di intrattenere i ragazzi, o di rifornirli di articoli di ogni sorta, dai vestiti ai libri, dagli alimenti ai cosiddetti "beni di seconda necessità".

La notte di Pasqua, poi, venne ulteriormente allietata da uno spettacolo visibile solo in quella zona dello spazio, e solo in quella regione del pianeta: l'arrivo di uno sciame di stelle cadenti, denominate "Teseidi", originate dal passaggio nei cieli di Uniland della cometa Etra, il cui transito nei pressi della stella S77 causava lo scioglimento di parte del nucleo e il rilascio di ghiaccio e detriti rocciosi che, a contatto con l'atmosfera di Uniland, prendevano fuoco illuminando il manto oscuro della notte con sottili scie luminose, istantanei bagliori di luce.

- Guarda quella! - esclamò a un tratto Stella.

- Dove? Dove? - domandò Hyles.

Ma il tempo di volgere lo sguardo, e i lampi di luce erano già scomparsi, inghiottiti nell'oscurità.

- Ho espresso un desiderio - disse Stella facendo l'occhiolino all'amico. - Chissà se si realizzerà... - aggiunse con aria sognante, accompagnando la riflessione con un sospiro.

Hyles si voltò a guardarla, e non riuscì a non deglutire. Rigel e Dwight risero di gusto sotto i baffi.

- Eccone un'altra! - esclamò Kyril. - E un'altra! Caspita, queste resistono di più! -

- Già! - fece Dwight, tutto eccitato.

I due ragazzi si girarono entusiasmati verso Rigel ma, con loro grande sorpresa, notarono sul viso del biondino un'espressione pensierosa, se non addirittura preoccupata.

- C'è qualcosa che non va? -, domandò allora "Doppia K".

- No -, si affrettò a rispondere "R 'n B". - Va tutto bene -.

Ma, nel momento stesso in cui pronunciò queste parole, non riuscì più a sostenere lo sguardo dei suoi amici.

XXII.

Tares Ybil era rimasto molto sorpreso quando il fedele Crayben gli aveva fatto annunciare un'oll-dira, il cui mittente, ovviamente, altri non poteva essere che l'Uomo Senza Volto: il piano che avevano concordato, infatti, aveva preso l'avvio appena qualche giorno prima, perciò il Maestro non poteva avere alcun titolo per lamentarsi della mancanza di risultati.

Doveva senz'altro trattarsi di qualcos'altro ma, per quanto si sforzasse, il *Signore della luna oscura* non riusciva davvero a capire cosa passasse nella mente tortuosa del suo alleato, e la gravosa sensazione di impotenza e di frustrazione lo irritava non poco.

In ogni caso, era ormai giunto di fronte alla sala della comunicazioni: ancora qualche istante, e avrebbe saputo tutto.

Crayben lo attendeva all'interno della stanza, già pronto ad attivare la colonna olografica dove si sarebbe materializzata l'immagine dell'Uomo Senza Volto. Tares Ybil gli fece cenno di far passare ancora qualche secondo, conscio del fatto che il Maestro detestava dover attendere, poi fece qualche passo per poter fronteggiare l'eterea colonna olografica, si sforzò di assumere l'espressione più annoiata e indifferente possibile, e solo allora fece segno al suo capo-tecnico di inoltrare l'oll-dira.

La figura dell'Uomo Senza Volto che a poco a poco appariva sembrava più grande e più opprimente del solito, e pareva trasudare rabbia e malvagità da ogni poro. Il *Signore della luna oscura*, però, non si lasciò affatto intimidire.

- Buonasera, Maestro - cominciò. - A cosa devo quest... -

- Che diavolo ti è saltato in mente?! - ringhiò l'uomo senza volto.

Tares Ybil non si scompose.

- A cosa ti riferisci, Maestro? - chiese con aria di sufficienza.

- Lo sai bene a cosa mi riferisco! Ti ha forse dato di volta il cervello, ammesso che tu ne abbia uno? -

Stavolta il *Signore della luna oscura* si stizzì parecchio.

- Se stai parlando dell'ina - attaccò, - non puoi pretend... -

- Non sto parlando di lui! - gridò il Maestro con una veemenza tale da far rabbrividire perfino Crayben. - Sto parlando del Principe Jordan, e delle false informazioni che *tu* hai fatto avere ai Servizi Segreti e che gli hanno fatto rischiare la pelle su Lerna! -

Tares Ybil cadde letteralmente dalle nuvole: era vero che aveva tentato in gran segreto di liberarsi del fratello dell'Imperatore e che il suo piano era fallito, ma da quando in qua l'Uomo Senza Volto si preoccupava della salute di un membro della Famiglia Imperiale?!

- Si può sapere perché ti accalori tanto, Maestro? - domandò il *Signore della luna oscura* riprendendo un atteggiamento più distaccato.

- Perché - replicò l'Uomo Senza Volto cercando di mantenere la calma, - il Principe Jordan Rayos dei Garidi è parte integrante del mio progetto, Maestà... -

Tares Ybil sgranò per un attimo gli occhi serpenteschi, poi annuì distrattamente.

- Capisco... - commentò, sforzandosi di non apparire colpito dalla notizia. - E che parte... avrebbe... nel tuo progetto, Maestro? -

- È un ruolo ancora in costruzione, Maestà... Per ora ti è sufficiente sapere che non dovrai più intralciarlo nella sua ricerca: il Principe Jordan... lavora per noi... -

Tares Ybil annuì di nuovo, senza troppa convinzione.

- Laì hàss sernèl! - esclamò l'Uomo Senza Volto.

- Laì hàss sernèl! - esclamò in risposta il *Signore della luna oscura*.

Poi il Maestro interruppe la comunicazione, lasciando il suo alleato alle prese con i suoi dubbi, le sue domande, le sue questioni ancora irrisolte.

XXIII.

- Che cosa hai detto?! - esclamò Faidon.

Le pupille dilatate e il frenetico e incontrollabile battito delle palpebre intimorirono non poco il giovane paggio che aveva davanti, un ragazzino di tredici anni che era solo venuto ad avvertirlo che stava per essere servita la cena!

- Ho…ho s…solo chiesto - balbettò il giovane, - se l…l'Imperatrice a…avrebbe presenziato… -

Faidon si prese qualche attimo per riordinare le idee, poi ringraziò il ragazzino, aspettò che uscisse dal suo studio e poi afferrò l'Id portatile attraverso il quale era possibile utilizzare la linea rossa, il canale di comunicazione segreto che lo metteva in diretto contatto con i soli Doyner e Lorin (il quale tuttavia, per non rischiare di rivelare la propria identità, non era in quel momento in possesso dell'apparecchio ricevente).

La figura del Capo dell'ASSE si materializzò all'istante di fronte alla scrivania dell'Imperatore, che tuttavia non attese neppure che l'immagine dell'amico fosse apparsa per intero.

- Hai niente da dirmi? - gli domandò a bruciapelo.

Doyner cadde dalle nuvole.

- A cosa ti riferisci? -

- Per esempio a Mailynn… -

- Ah… - fece Doyner, piuttosto imbarazzato - beh, in effetti stavo appunto venen… -

- Perché diamine - lo interruppe Faidon, letteralmente furibondo, - non sono stato avvertito del suo ritorno?! Si può sapere dov'è e cosa sta facendo il qarren?! -

- Certo, è increscioso, ma… -

- Non ci sono "ma", Doyner! Mi spieghi com'è possibile che l'Imperatore debba venire a sapere del ritorno di sua moglie da un paggio?! Mi spieghi come sia possibile che io sia l'unico in tutta la Reggia a essere rimasto all'oscuro di tutto?! -

Il Capo dell'ASSE sospirò, attendendo che la rabbia dell'amico sbollisse, poi disse solamente:

- Hai ragione… scusami… non accadrà più, te lo prometto… -

Faidon serrò i pugni e digrignò i denti, quasi desideroso di scatenare la seconda offensiva. Tuttavia, di fronte all'atteggiamento remissivo dell'amico, e alla sua disarmante espressione di contrizione, non se la sentì di insistere ulteriormente.

- Va bene, va bene… - sospirò. - Dov'è lei, adesso? -

- Sta riposando nella sua stanza... ha detto che era stanca del lungo viaggio... -

Qualche attimo dopo, Faidon si accingeva a entrare nella camera dell'Imperatrice. Esitò un attimo, ancora ferito dal comportamento di sua moglie, ma subito decise di lasciare da parte l'orgoglio, aprì la porta della stanza e se la richiuse alle spalle. Iniziò a camminare lentamente, cercando di fare meno rumore possibile, e quando raggiunse il letto su cui era distesa Mailynn si limitò ad appoggiarsi alle colonnine d'oro che sorreggevano il sontuoso baldacchino, contemplando le linee sinuose del corpo dell'Imperatrice sotto la luce delle lune che filtrava dalle finestre. Chiuse gli occhi, seguendo il fragile respiro di Mailynn con il frenetico palpitare del suo cuore. Dopo qualche istante, però, si rese conto che il respiro dell'Imperatrice era irregolare: Mailynn non stava dormendo. Faidon esitò ancora per un attimo, poi si fece forza e andò a sedersi accanto a lei, accarezzandole dolcemente il viso e i capelli.

- Ciao, amore - le sussurrò.

Ma l'Imperatrice non batté ciglio. Faidon deglutì, cercando di scacciare un improvviso groppo alla gola.

- Domani parto per Aghor - aggiunse. - Sono venuto a salutarti -.

Ancora una volta, Mailynn non dette segno di averlo udito. Faidon sospirò e abbassò gli occhi. Decise di tentare con un approccio diverso.

- Come sta tuo padre? - le domandò.

L'Imperatrice fu colta da un improvviso fremito.

- Meglio - rispose. - Sono malanni dovuti all'età -.

La sua voce sembrava provenire da un altro universo. Faidon sospirò di nuovo. Di tutte le battaglie che aveva combattuto, questa era senza ombra di dubbio la più difficile da vincere, perché Mailynn sembrava aver eretto un muro invalicabile tra sé e suo marito, una barriera contro cui Faidon stava vedendo infrangersi tutti i desideri che avevano espresso, tutti i progetti che avevano formulato insieme, tutti i sogni che avevano condiviso. Poi, all'improvviso, sentì la voce del Santo Padre dentro al suo cuore, forte e chiara, riudì nette le parole che il Pontefice aveva pronunciato, i consigli che gli aveva offerto, e Faidon decise di fare un ultimo tentativo, si concentrò per riuscire a non pensare a nulla che non fosse Mailynn, e poi lasciò che fosse il suo cuore a parlare per lui.

- Ti amo - disse in un soffio.

Mailynn ebbe un sussulto, quasi impercettibile.

- Ti amo - disse ancora Faidon, con voce più alta e più chiara, - ti amo e non voglio perderti... è tutto quello che sento... ma non so come fare... non so più come devo comportarmi... perciò... se... anche tu provi ancora quello che io provo per te... ti prego... insegnami ad amarti... di nuovo... -

Mailynn si voltò di scatto a guardare il marito, e non riuscì ad evitare di mordersi il labbro inferiore.

- Faidon... - esclamò, - tu... tu stai piangendo! -

L'Imperatore annuì, senza neppure tentare di frenare la corsa delle lacrime che gli rigavano il viso, e che scintillavano sotto la luce lunare come piccoli diamanti nella notte.

- Sì... - confermò, - sto piangendo... sto piangendo perché ho paura... paura che questa possa essere la nostra ultima notte insieme... -

- Oh Faidon! - esclamò l'Imperatrice abbracciandolo e asciugandogli le lacrime.

- Mailynn! Che cosa è cambiato così tanto...? Che cosa ha potuto condurci fino a questo punto...? -

Mailynn scosse la testa, mordendosi ancora le labbra.

- È cambiato il nostro mondo, Faidon... siamo cambiati noi... -

- Che cosa devo fare, amore mio...? Dimmelo tu, ti prego... -

- Dammi la mano -.

L'Imperatore ebbe un attimo di incertezza.

- Dammi la mano - ripeté Mailynn -, e chiudi gli occhi -.

Faidon fece come gli era stato chiesto, e subito dopo sentì l'Imperatrice accostare il proprio viso al suo petto, e poi posare l'orecchio sopra al suo cuore. Subito Faidon si sentì avvampare, ma rimase perfettamente immobile, anche quando la mano di sua moglie sfiorò il suo volto in una carezza tenera e delicata.

- Ti amo - disse poi Mailynn.

E Faidon si sentì percorrere l'anima da un brivido.

- Ti amo - ripeté l'Imperatrice, - ma ho bisogno di capire chi sei veramente... -

Faidon spalancò gli occhi e fece per parlare, ma sua moglie gli posò l'indice destro sulla bocca sussurrandogli tacitamente di restare in silenzio, e poi gli coprì gli occhi con l'altra mano.

- Noi eravamo un sogno, Faidon - sussurrò Mailynn, la voce che le tremava, - un sogno d'amore... Dov'è finito il ragazzo che prima di addormentarsi veniva a sussurrarmi le più dolci parole che il cuore gli suggeriva... che veniva a chiedermi come avevo passato la giornata... o magari si fermava anche solo qualche istante alla finestra ad osservare le lune accanto a me...? -

Mailynn gli tolse la mano da davanti agli occhi, e Faidon poté osservare tutta la sua bellezza, e tutto il dolore che il suo sguardo esprimeva: un dolore che anche lui - ora se ne accorgeva chiaramente - aveva contribuito a provocare...

- Mailynn... -

- Faidon! Io lo so che è tuo dovere occuparti del nostro popolo! Ma come è possibile che tu non riesca più a trovare neppure cinque minuti da dedicare a me...? Ormai non ti accorgi neppure se sono triste o se sono felice... non ti accorgi neppure se la notte... ogni notte resto sveglia a pensare al mio bambino che non è più qui con me, e a te che continui ad allontanarti da me... che ti fai sempre più distante ogni secondo che passa... -

D'improvviso, Faidon si rese conto che, per tutti quei mesi, l'Imperatrice aveva sofferto le stesse pene che avevano tormentato il suo cuore, e questa improvvisa consapevolezza lo fece stare malissimo, perché non era stato capace di accorgersene prima, né di trovare un modo per alleviare le sofferenze della donna che amava.

- Oh Mailynn! - esclamò. - Come ho potuto essere così cieco da non accorgermi del dolore che ti affliggeva...? Perdonami... ti prego, perdonami! -

- Shh... - gli fece Mailynn, posandogli di nuovo l'indice sulle labbra e avvicinando il proprio volto al suo fino a sfiorarlo, fino a poter parlare nel suo respiro. - Promettimi solo... giurami che il nostro sogno vivrà per sempre... -

Faidon annuì, e Mailynn gli gettò le braccia al collo e unì le proprie labbra alle sue in un bacio intenso, profondo e prolungato. Passarono la notte insieme, e quando, la mattina seguente, l'Imperatore si svegliò, gli sembrò quasi di riuscire a volare, gli sembrò di poter galleggiare nell'aria, di poter nuotare nel vento. Era così di buonumore che, quando lo incontrò, Doyner non poté fare a meno di chiedergli se avesse già approntato il funo. Allo sguardo interrogativo dell'amico, il Capo dell'ASSE sentenziò:

- La felicità è nell'attesa... -, imitando la voce e l'accento di Sackville.

Faidon incrociò le braccia e gli rivolse un sorriso carico di sarcasmo.

- Per caso -, domandò, - hai incontrato un tal Leopardi? -

- Più che di incontro, io parlerei di "scontro": mi ero appoggiato a uno scaffale della biblioteca, e questo bel tomo mi è piombato dritto sulla testa. Ho ancora il bernoccolo... -

- E da quando frequenteresti la biblioteca? -

- Che domande... Da quando ho scorto una procace cameriera che vi si dirigeva per spolverare i tuoi libri... -

- Ah... il piacere della lettura... -

Mentre discorrevano, avevano ormai raggiunto l'astroporto di Astragon, dove la *Golden Eagle* era già pronta per il decollo. Al già nutrito seguito dei due viaggi precedenti, si sarebbero aggiunti per l'occasione due volti nuovi: Sackville, che Doyner voleva accanto a sé per poter tenere d'occhio tutte le sue mosse; e Jordan, che però avrebbe raggiunto la missione direttamente su Aghor, dopo aver ultimato i test di Formula Intergalattica.

La meta del viaggio era un pianeta assai più fertile e rigoglioso di Ridd, benché di dimensioni molto più ridotte. Il suo Governatore, Treacher, era un uomo sulla sessantina, grasso e rubicondo benché abbastanza alto, con radi capelli argentati, vispi occhi neri e piccole manine che spuntavano dalle larghe maniche della sontuosa veste che usava indossare.

- Un uomo consumato dall'ozio e dagli agi -, aveva detto di lui l'Imperatore l'ultima volta che l'aveva incontrato, circa tre anni prima.

Da allora, a quanto pareva, non molto era cambiato. Anche i suoi dignitari avevano lo stesso aspetto pingue ed opulento, un aspetto che - Faidon lo notò subito - contrastava enormemente con quello misero ed emaciato della popolazione, e che certo non contribuì ad aumentare la già scarsa considerazione di cui Treacher godeva presso l'Imperatore.

Dopo un banchetto se possibile ancor più luculliano di quello offerto su Fyman, Faidon formulò anche agli Aghoriani la richiesta di rinnovo dell'antica alleanza, mostrando loro il terzo dei *Sette Sigilli dell'Apocalisse*, quello che simboleggiava la malattia, su cui era stata incastonata un'ametista dai meravigliosi riflessi violetti. Spiando poi la reazione di Treacher, l'Imperatore notò che si stava intrecciando le dita, un segno evidente di nervosismo.

Il Governatore si prese qualche secondo di riflessione, poi si alzò e disse, in tono solenne:

- Nobile Imperatore, noi non intendiamo respingere la vostra richiesta, e così facendo attirare la calamità sul nostro pianeta -.

"Un punto a mio favore" pensò Faidon.

- Tuttavia - proseguì Treacher, - non posso permettere che si giochi con le vite dei miei soldati come se fossero le pedine di una scacchiera! Vorrei pertanto… -

Il Governatore fece una pausa che fece salire la suspense, ma che fece anche accigliare Faidon.

- Vi chiederei, nobile Imperatore -, continuò Treacher, - di fornirci la prova che sarete in grado di difendere i nostri soldati, così che essi non si sentano trattati come carne da macello ma, sentendo su di sé la vostra aura protettiva, siano pronti ad onorare la vostra persona, se necessario fino all'estremo sacrificio! -

Un applauso scrosciante si levò tra gli astanti. Faidon cercò di capire dove il Governatore volesse arrivare.

- Nobile Imperatore -, proseguì ancora Treacher, - fin dai tempi antichi si dice che vi sia una sorta di simbiosi tra i *Sette Sigilli dell'Apocalisse* e il loro possessore. Si narra che il potere dei sigilli compenetri la persona stessa che li possiede e che sembra che essi stessi scelgano, fornendole una protezione magica che si dice sia insuperabile! -

Doyner non poté fare a meno di ripensare a quanto era accaduto su Fyman, e a quella luce dorata, riflesso del topazio incastonato sul sigillo, che sembrava sgorgare direttamente dall'anima dell'Imperatore.

- Vi chiediamo perciò - terminò Treacher, - di mostrarci quanto potente sia questa protezione, affrontando nell'arena, senza alcuna arma, la più terribile delle creature che popolano Aghor: l'esocteno gigante! -

Un mormorio di stupore e di timore si levò tra la folla, una serie di bisbigli che inquietarono non poco Doyner e Parsell, che si scambiarono un'occhiata interrogativa prima di tornare ad osservare Faidon: l'Imperatore continuava a fissare Treacher con sguardo inespressivo. Strinse forte il sigillo nella propria mano, chiuse gli occhi per un attimo e poi disse solo:

- Accetto! -

Il Governatore lo guardò apparentemente compiaciuto, e Faidon gli rivolse uno sguardo di sfida prima di allontanarsi verso le stanze che gli erano state assegnate, accompagnato da Doyner e Parsell, i cui volti esprimevano invece una preoccupazione quasi palpabile.

Nonostante le loro insistenze per un cosiddetto "confronto strategico" - o forse proprio a causa di esse

- l'Imperatore preferì congedarli entrambi, e non accettò più di vedere nessuno fino alla mattina seguente, con la sola eccezione di Jordan, che era giunto in serata direttamente dalla Terra e che lo stesso Faidon provvide a mettere al corrente di quanto accaduto in sua assenza.

- È un piano intelligente -, concluse l'Imperatore. - Treacher non ha accettato apertamente di appoggiarmi per non scontentare le fazioni che lo sostengono, ma ha trovato il modo di non rifiutarmi il suo appoggio, cosa che avrebbe potuto rivelarsi assai pericolosa... -

A Jordan scappò un sorriso, ma si ricompose subito.

- D'altra parte - riprese Faidon, - con questa sfida ha trovato il modo di uscirne vincitore comunque: se vinco io, sembrerà quasi costretto a rinnovare l'alleanza. Se vince la bestia, beh... -

- Non dirlo nemmeno per scherzo! -, esclamò il Principe balzando in piedi.

Faidon lo scrutò attentamente: Jordan aveva i pugni serrati e le guance arrossate, e i suoi occhi, serissimi, tremavano. L'Imperatore lo abbracciò.

- Lo so - gli sussurrò, - che è un'ipotesi che non vuoi nemmeno considerare... -

- Senti... -

- ...ciononostante, voglio che tu mi prometta una cosa -.

Faidon fece una pausa, e fissò il fratello dritto negli occhi.

- Qualunque cosa succeda - disse poi, - qualunque cosa accada, non intervenite! Hai capito bene? Non intervenite! -

- Ma… Faidon! -

- Jordan! Deve essere il sigillo a proteggermi, o questa sfida l'avrò persa comunque, lo capisci? -

- Ma non è necessario che tu perda anche la vita, però!
-

L'Imperatore sorrise.

- Non accadrà - disse sicuro.

- Faidon… -

- Giuramelo! Promettimi che non farete nulla -.

Il Principe sospirò.

- Te lo prometto - disse poi, in tono nient'affatto convinto.

L'Imperatore lo abbracciò di nuovo, e poi lo congedò, chiedendo di poter riposare in vista dell'imminente combattimento. Jordan fu anche l'ultimo a vederlo la mattina seguente, prima che l'Imperatore scendesse nell'arena.

- Mi è sembrato tranquillo - disse a Doyner e Parsell mentre prendeva posto sugli spalti.

- È questo che mi preoccupa… -, replicò il Capo dell'ASSE.

Poi, notando una catenina d'oro ornare il collo del Principe, gli domandò:

- Da quando ti piacciono le uwina? -

Jordan non rispose, già concentrato sull'imminente combattimento.

L'arena era un vero e proprio anfiteatro, un edificio dalla forma ellittica, costituito prevalentemente di tufo e travertino e rivestito in marmo bianco, costruito ad imitazione del Colosseo, benché di dimensioni leggermente inferiori.

L'Imperatore entrò nell'arena dall'arcata settentrionale posta sull'asse maggiore, vestito solamente di una tuta scarlatta bordata di giallo oro - i colori del team di Jordan -, accolto da un boato, grida di incitamento e di esultanza, e scrosci di applausi mentre avanzava verso il centro dell'anfiteatro.

D'improvviso, vennero alzate le saracinesche che chiudevano l'arcata meridionale: istantaneamente, si fece silenzio. Faidon chiuse gli occhi, stringendo nel pugno il sigillo e cercando di riequilibrare il respiro. Dopo qualche istante di attesa, una zampa nera, lunga e sottile, fece capolino dall'oscurità. L'Imperatore tirò un lungo sospiro mentre l'enorme testa del mostro spuntava sotto la luce del sole, dapprima timorosa, poi più decisa.

L'esocteno era una sorta di incrocio tra un ragno ed un insetto, un aracnide dotato di un esoscheletro che costituiva una barriera naturale quasi insuperabile. Benché normalmente questi animali non superassero i trenta centimetri di lunghezza, su Aghor ne esisteva una variante capace di raggiungere dimensioni colossali: così, Faidon si ritrovò a fronteggiare un esemplare che eguagliava la sua intera altezza solamente con il cefalotorace.

L'animale iniziò ad avanzare lentamente verso il centro dell'arena, dove lo attendeva immobile l'Imperatore, facendo schioccare sonoramente le pinze che si sviluppavano dal capo. Quando fu giunto a pochi passi da Faidon spalancò la bocca, mostrando le zanne acuminate. L'Imperatore non perse la calma, mentre sugli spalti Jordan strinse forte la manica dell'abito di Doyner.

Faidon prese il sigillo fra le punte del pollice e dell'indice in modo da esporlo alla luce solare, tese il braccio in direzione del mostro e iniziò a sussurrare poche, antiche, arcane parole. Il piccolo oggetto nella mano dell'Imperatore iniziò a brillare, e l'animale indietreggiò istintivamente, in apparenza confuso. Un brusio di sorpresa iniziò a levarsi dalla folla, un mormorio indistinto che però sembrò innervosire la bestia.

- Ma che fanno? - gridò Jordan, rivolgendosi verso Doyner. - Bisogna farli smettere, presto! -

In quel momento, un urlo acuto squarciò l'aria, e un brivido istantaneo corse lungo la schiena del Principe. L'esocteno si era sollevato su due paia di zampe, continuando ad agitare freneticamente le pinze: quando poi pose di nuovo a terra gli arti anteriori, con uno riuscì a colpire il braccio dell'Imperatore, facendogli cadere il sigillo proprio sotto la tribuna dove sedeva la delegazione di Astragon.

- Faidon! - gridarono all'unisono Jordan e Doyner.

La folla gridò di spavento. L'animale caricò l'Imperatore, che dovette gettarsi a terra per evitare che le fauci del mostro si serrassero attorno alle sue gambe. Mentre si rialzava, però, venne investito da un getto di un liquido viscoso che, a contatto con l'aria, si solidificò all'istante: per sua fortuna, la ragnatela era ancora fragile, cosicché Faidon riuscì a strapparsela dagli abiti evitando di rimanere intrappolato. Il secondo getto, però, lo investì in piena schiena mentre l'Imperatore cercava di raggiungere il sigillo, gettandolo a terra e rinchiudendolo dentro una sorta di gabbia naturale.

Doyner si alzò in piedi e sguainò la spada.

- Ora ci penso io! - esclamò.

Jordan si morse le labbra.

- No! - gridò. - Non dobbiamo intervenire! -

Doyner e Parsell sgranarono gli occhi.

- Ma che cosa state dicendo? - domandò il Capo delle Guardie.

- Jordan! - esclamò Doyner. - Sei forse impazzito?! -

Il Principe deglutì e abbassò lo sguardo, cercando di farsi forza.

- Me lo ha chiesto ieri - disse poi. - Non dobbiamo intervenire... deve vincere da solo questa sfida! -

- Ma è una follia! - gridò Parsell.

- Jordan... - fece Doyner, - morirà, se non lo aiutiamo! -

Con un'angoscia terribile nel cuore, il Principe si limitò a dire, con la voce rotta da un pianto invisibile:

- Dobbiamo rispettare la sua volontà... -

Poi tornò ad osservare l'arena: l'esocteno, schioccando famelico le pinze, si avvicinava lentamente all'Imperatore intrappolato. Parsell si alzò allora di scatto afferrando il piccolo pugnale che teneva in vita e, senza che Jordan potesse impedirglielo, lo lanciò contro il mostro: l'arma, però, cozzò contro la corazza della bestia senza neppure scalfirla, e poi cadde a terra, al centro dell'anfiteatro.

In quel momento, però, raccogliendo tutte le sue forze, Faidon riuscì a strappare la ragnatela dal suolo, sollevandosi da terra appena in tempo per riuscire a schivare il nuovo assalto del mostro. La folla esultò fragorosamente. Jordan strinse forte la fredda pietra del suo sedile.

Approfittando di un momento di apparente confusione da parte dell'esocteno, Faidon riuscì a mettere una certa distanza tra lui e la bestia: tuttavia, l'Imperatore fu costretto anche ad allontanarsi dal punto in cui era caduto il sigillo.

Doyner e Parsell si voltarono verso Jordan, che aveva gli occhi lucidi e stringeva con forza la propria veste all'altezza del cuore. D'improvviso, un forte bagliore lo costrinse a distogliere per un attimo lo sguardo dall'arena. Coprendosi con una mano il lato destro del viso, il Principe riuscì a scorgere la lama del pugnale lanciato da Parsell che luccicava sotto il sole di Aghor. Strabuzzò gli occhi per un istante, colpito da un'improvvisa folgorazione, poi annuì tra sé e si girò verso Doyner con un'espressione seria e decisa.

- Usa la spada per abbagliare il mostro - gli disse.

Il Capo dell'ASSE sorrise di gusto.

- Con vero piacere! - esclamò.

E rivolse la lama dell'arma verso il sole di Aghor, ruotandola leggermente verso sinistra finché la luce non colpì uno degli occhi del mostro, che restò improvvisamente disorientato. Faidon, tuttavia, nella concitazione del momento non aveva fatto caso all'intervento dell'amico, e non si era perciò accorto della momentanea difficoltà della bestia. Allora, Jordan si alzò in piedi e gridò a pieni polmoni:

- Seka! Nar, seka! -

Doyner e Parsell si voltarono sbigottiti verso di lui, ma Faidon, dopo aver sgranato gli occhi, rivolse un gesto d'assenso nei confronti del fratello ed iniziò a correre in direzione del sigillo. Quando il mostro tentò di voltarsi verso di lui, Doyner ruotò di nuovo la lama della spada, tornando ad abbagliarlo.

Fra lo stupore generale, l'Imperatore riuscì a raggiungere il sigillo, lo afferrò saldamente, lo alzò verso il sole di Aghor tendendolo in direzione dell'animale ed iniziò a sussurrare tra sé le antiche parole che il sigillo stesso sembrava suggerirgli.

Subito, un fascio di luce violetta sgorgò potente e fulmineo dall'ametista incastonata sul piccolo oggetto, un'esplosione di raggi vibranti e travolgenti che sembrarono dirigersi proprio contro la bestia: di colpo, le lunghe zampe del mostro iniziarono a vacillare, le enormi fauci si spalancarono quasi implorando la grazia di un ultimo respiro, le grandi pinze si agitavano nell'aria come a voler combattere un nemico invisibile al quale la bestia tentava disperatamente di non soccombere. Ormai agonizzante, l'animale si piegò sul lato sinistro cedendo a un peso che le zampe, private di ogni energia, non riuscivano più a sostenere. Fra le grida di esultanza di un pubblico ormai in delirio, la bestia cadde al suolo con un tonfo sordo. Faidon abbassò il braccio che reggeva il sigillo mentre guardava il mostro contorcersi negli ultimi spasmi, le pinze che si agitavano prima rapidissime, poi sempre più deboli. Dopo qualche istante, ogni sussulto tacque, ogni palpito di vita cessò. L'esocteno gigante giaceva inerte al suolo: Faidon aveva vinto!

Doyner e Parsell saltarono dai loro sedili applaudendo come impazziti mentre l'Imperatore alzava un braccio verso di loro in segno di saluto e rivolgeva loro un gesto di ringraziamento. Il Capo dell'ASSE si ricordò allora delle strane parole che Jordan aveva usato per avvertire Faidon e si voltò alla propria sinistra per chiedere spiegazioni, ma rimase completamente spiazzato: il Principe era scomparso.

Doyner iniziò inutilmente a voltarsi a destra e a manca nella speranza di riuscire almeno a vedere dove fosse andato: non lo rivide che qualche ora dopo, nella residenza di Treacher dove lui e Parsell avevano riaccompagnato Faidon, mentre il Principe attendeva di poter parlare con il fratello che si stava ritemprando dalle fatiche della mattinata.

- Che cosa gli hai detto? - gli domandò Doyner a bruciapelo.

Jordan lo fissò facendo finta di non capire.

- Nell'arena - proseguì il Capo dell'ASSE. - Gli hai urlato qualcosa e… e lui ha capito! -

Jordan abbassò lo sguardo. Sospirò.

- Gli ho detto: "Corri, re!" -

Doyner gli rivolse un'occhiata poco convinta.

- Soltanto? -

Il Principe annuì. In quel momento, le porte della stanza di Faidon si aprirono, ed uscì il medico in camice bianco che aveva visitato precauzionalmente l'Imperatore. Dopo aver rassicurato entrambi sulle condizioni di Faidon, che non aveva riportato che qualche lieve escoriazione e una slogatura al polso colpito dall'esocteno, il dottore disse a Jordan che il fratello desiderava vederlo. Il Principe annuì, ringraziò il medico ed entrò nella camera, lieto di potersi sottrarre all'interrogatorio di Doyner.

Malgrado il polso fasciato, Faidon lo accolse con un caloroso abbraccio, invitandolo ad accomodarsi su una comoda fass-verter mentre lui gli si sedeva di fronte.

- Devo ringraziarti - gli disse poi. - Mi hai salvato la vita, e hai anche trovato il modo di farlo senza esporti -.

Jordan sorrise, un po' imbarazzato.

- Come hai fatto? - gli domandò l'Imperatore.

Il Principe capì subito a cosa si riferiva il fratello.

- Non lo so - rispose. - Ho parlato una lingua che non conosco, e tuttavia sapevo esattamente cosa stavo dicendo... non so come sia stato possibile... davvero... -

Faidon capì che era sincero.

- Avevi con te il quarto sigillo nell'arena? -

Jordan dovette fare mente locale per qualche istante.

- Non mi sembra di essermene mai separato... - sussurrò tra sé e sé, - l'ho sempre tenuto... -

D'improvviso, gli venne un dubbio. Allargò leggermente all'altezza del colletto la maglietta che indossava in modo da potervi infilare dentro la mano destra e, quando la ritrasse, teneva qualcosa stretto nel pugno, un piccolo oggetto che Jordan sembrava guardare come se fosse stata la prima volta. Fissò allibito Faidon, che sorrideva amabilmente. Poi allargò il pugno per permettere anche al fratello di osservare: il quarto sigillo brillava ancora nella mano del Principe.

Faidon si alzò con calma dalla sua fass-verter, si avvicinò al fratello ancora confuso, gli strinse forte la mano sinistra e in tono pacato gli disse:

- Ora raccontami tutto -.

XXIV.

Rigel aveva appena gettato la lenza della sua artigianale canna da pesca nelle placide acque del fiume Tiber.

- E ora stiamo a vedere - commentò Dwight incrociando le braccia.

Hyles intanto si guardava intorno, decisamente nervoso.

- Lo sapete - disse, - che se ci scoprono è la volta che ci cacciano, vero? -

- Di che hai paura? - lo canzonò Kyril. - Noi siamo gli "Intoccabili"! -

Gli Intoccabili era un nuovo soprannome del gruppetto, coniato da Rigel dopo che l'ultima loro bravata era rimasta praticamente impunita.

- Sarà... - fece Hyles, poco convinto.

Ma si distese insieme agli altri all'ombra del vecchio salice che li accoglieva fra le proprie radici come in un abbraccio paterno.

Il giorno precedente era stato il compleanno di Kyril, e i Quattro Cavalieri dell'Apocalisse avevano pensato bene di festeggiare la ricorrenza organizzando un party notturno nell'aula più grande dell'Istituto, la "Ginestra", assieme a tutti gli amici dei "gruppi paralleli". Incredibilmente, erano riusciti a far passare inosservata la loro ennesima bravata fin oltre le tre del mattino, quando i ragazzi avevano cominciato a tornare nei propri dormitori. Gli effetti della festa si erano però poi fatti sentire la mattina seguente, anche sui Quattro Cavalieri dell'Apocalisse che, fra uno sbadiglio ed un altro, faticavano non poco a tenere gli occhi aperti.

D'un tratto, Dwight si voltò alla sua destra, in direzione di un altro grande salice, e la sua attenzione venne catturata da un uomo che se ne stava appoggiato di schiena al tronco dell'albero quasi come a volersi nascondere dal resto del mondo. Il ragazzo lo squadrò: era alto, con lunghi capelli rossi e gli zigomi leggermente sporgenti, e indossava una tuta bordeaux bordata di bianco e un paio di occhiali scuri.

Sembrava guardare lontano, verso un punto imprecisato dell'orizzonte. Tuttavia, anche se solo per un attimo, Dwight aveva avuto la sensazione che quell'uomo li stesse osservando. Diede un colpo di gomito a Kyril, che gli sonnecchiava accanto, e gli fece notare la presenza dell'estraneo, aggiungendo di sentirsi un po' inquieto. Consapevole di non avere una coscienza propriamente immacolata, "Doppia K" convenne con lui che non fosse il caso di tirare troppo la corda, e si rivolse a Rigel e Hyles per informarli degli ultimi sviluppi: tuttavia, quando li invitò a guardare alla propria destra, notò con grande sorpresa che l'uomo era sparito.

Qualche istante dopo, i Quattro Cavalieri dell'Apocalisse stavano già correndo in direzione di Litenburg, e della canna da pesca non c'era rimasta più alcuna traccia. Dopo aver ripreso fiato, decisero di sedersi ai tavolini all'aperto del Creamy "Sawa", uno dei più grandi dell'intero universo, ed ordinare quattro Coppe Sela, la specialità della casa.

Fu mentre affondavano per l'ennesima volta i cucchiaini nel gelato e nella panna montata che, gettando un'occhiata distratta verso il bancone del bar, Kyril lo rivide.

- Ehi, ragazzi… -, disse senza perderlo d'occhio, - guardate chi c'è -

L'uomo che già avevano notato in riva al fiume stava sorseggiando una bibita dal colore azzurro, in apparenza senza degnarli di alcuno sguardo, rivolto verso un gruppetto di uomini vestiti con eleganti abiti scuri malgrado il caldo di maggio.

- Credete che ce l'abbia con noi? - domandò Dwight.

- E perché mai dovrebbe? - replicò Rigel.

- Già - commentò Hyles. - Probabilmente si tratta di coincidenze -.

Dwight si girò a guardare più attentamente l'uomo dai capelli rossi.

- Può darsi - ammise, - però non mi convince -.

- Cos'è che non ti convince? - domandò Kyril.

Dwight sospirò.

- Forse non lo sapete, ma esistono dei pervertiti a cui piacciono i ragazzini... -

- E tu di cosa ti preoccupi? - lo canzonò Rigel.

- Già - gli diede manforte Kyril. - Tu non hai niente da temere in ogni caso... -

- Ah ah... -, fece Dwight, tutt'altro che divertito.

Kyril e Rigel abbassarono lo sguardo e tornarono a degustare i loro gelati così come stava facendo Hyles, ma Dwight si era innervosito: perciò, dato che praticamente aveva già svuotato la sua coppa, decise di andare a pagare per cercare di distrarsi. I suoi amici lo videro scambiare due parole con il barista e poi sgranare gli occhi all'improvviso, voltarsi a destra e a sinistra, discutere con gesti sempre più animati, con toni all'apparenza sempre più concitati.

Dwight sembrò riflettere a lungo tra sé mentre tornava al tavolino, tanto che solo quando si sedette si accorse dell'espressione interrogativa che i suoi amici recavano stampata sul volto.

- Sembra... - annunciò, - che il figlio dell'Imperatore sia su Uniland -.

Ad Hyles andò di traverso il boccone, mentre Kyril e Rigel bloccarono i cucchiaini a mezz'aria e lo fissarono sbigottiti.

- Lorin Rayos dei Garidi?! - domandò Hyles. - Qui, su Uniland?! -

Dwight scrollò le spalle.

- Sono solo voci... - commentò.

Neanche lui sembrava crederci più di tanto.

- E chi avrebbe diffuso queste voci? - domandò Kyril.

- Non lo so... se ne parla e basta... -

Gli Intoccabili si guardarono negli occhi senza sapere che dire. Alla fine, decisero semplicemente di tornare all'interno dell'Hurn-Lith, dove scoprirono che la notizia si stava già diffondendo.

C'era chi la considerava una sciocchezza, chi invece le dava credito, chi non si pronunciava e chi, infine, non se curava affatto: i ragazzi del primo anno, però, erano tutti sovreccitati, poiché conoscevano l'età del Principe Ereditario, e sapevano che poteva essere uno di loro, magari uno dei "ragazzi nuovi".

Le discussioni si protrassero per l'intero fine settimana, facendo dimenticare ai Quattro Cavalieri dell'Apocalisse anche il recente incontro con lo sconosciuto dai capelli rossi. Fino alla mattinata del lunedì, quando la Professoressa Syren fece il suo ingresso nell'aula di Lingua e Grammatica Astragonese.

- Ragazzi - esordì all'inizio della lezione, - c'è una novità: il mio assistente, Brian, ha dovuto prendere un periodo di permesso per motivi familiari... -

Istantaneamente, le ragazze rimasero impietrite o si diedero a gesti ed esclamazioni di disperazione e di sconforto, mentre i ragazzi si scambiarono sguardi di esultanza e di pura soddisfazione.

- Ma niente paura - continuò la Syren. - Per fortuna, siamo già riusciti a trovare un sostituto -.

La Professoressa si volse verso le porte dell'aula, che subito si aprirono, rivelando il volto del nuovo assistente che fece il suo ingresso nella classe. Le ragazze non riuscirono a nascondere la delusione, mentre i ragazzi si scambiarono occhiate soddisfatte. Solamente gli Intoccabili all'inizio restarono di sasso, per poi scambiarsi occhiate cariche di dubbi, se non di preoccupazione: il nuovo assistente, infatti, era l'uomo dai capelli rossi, che si presentò come Pitt Clarkson, un nome che ai Quattro Cavalieri dell'Apocalisse suonò subito stranamente falso.

- Credete che sia un caso? - domandò Dwight alla fine della lezione. - Insomma, prima lo vediamo in riva al Tiber, poi ci segue al Creamy di Litenburg, ed ora ce lo ritroviamo anche qui! -

- Non so cosa dirti - replicò Kyril, - ma penso che la Scuola faccia dei controlli su chi assume… -

- Già, ma questa era una situazione particolare, perché dovevano trovare un sostituto in fretta e furia… e, guarda caso, si presenta questo tizio! Pensateci, ragazzi! In realtà noi non sappiamo neppure cosa sia successo esattamente al phila! Chi ci assicura che si sia preso veramente un permesso? -

I suoi tre amici scrollarono le spalle.

- Forse siamo solo troppo sospettosi… - azzardò Rigel.

- Già… - lo rimbeccò Hyles. - Magari è tutto vero… -

- Ne dubito… - replicò Dwight.

- In ogni caso - concluse Kyril, - non c'è nulla che possiamo fare, per ora. Perciò suggerisco di aspettare, e vedere quello che succede -.

Gli altri tre ragazzi assentirono.

- Però - aggiunse Dwight, - mi raccomando: occhi aperti! -

E stavolta nessuno osò contraddirlo.

XXV.

- È semplicemente ridicolo! - sbottò Doyner.

Parsell lo fissò con aria di compatimento.

- Insomma! - proseguì veemente il Capo dell'ASSE. - Hai sentito anche tu Faidon, no?! Era stato lui a ordinare a Jordan di non intervenire! -

- Sì, e infatti stava per rimetterci la pelle! -

Doyner gli rivolse un sorrisino carico di sarcasmo.

- Devi perdonarmi -, disse, - ma con l'età la mia memoria inizia a vacillare... Non è stato proprio il Principe Jordan, poi, a salvare la vita all'Imperatore? -

- Non certo quando l'Imperatore era intrappolato nella ragnatela del mostro... -

- Se Jordan tramasse contro di lui, non pensi che non ci avrebbe mai e poi mai suggerito il modo per aiutarlo? -

- No: io penso invece che si fosse accorto di essersi spinto troppo avanti, e volesse cercare di allontanare da sé i sospetti -.

- Meno male che abbiamo un solerte funzionario come te, che non cade certo di fronte a questi trucchetti... -

- Doyner, questo è l'ultimo avvertimento! Tieni d'occhio il ragazzo, perché al prossimo passo falso la tua protezione non lo salverà più, te l'assicuro! -

Parsell si avviò verso la porta della stanza che era stata assegnata a Doyner. Non appena giunse sulla soglia, il Capo dell'ASSE lo richiamò.

- Tanto per curiosità: e se per caso stessi dando la caccia alla preda sbagliata? -

- Fortuna che siamo in due ad avere il fucile... -, ironizzò Parsell uscendo e sbattendo la porta.

- Già... -, ripeté tra sé Doyner, in tono molto più serio. - Fortuna... -

Per la mattina seguente il Governatore Treacher aveva organizzato una solenne cerimonia per celebrare il trionfo di Faidon e al contempo per sancire il rinnovo dell'alleanza tra Astragon e Aghor. Il rito, secondo le consuetudini del pianeta, prevedeva che un lungo corteo, aperto dalle autorità aghoriane, sfilasse per le vie della capitale dal Governatorato fino a un luogo chiamato "Pritaneo", dove venivano consegnate speciali onorificenze a chi si era particolarmente distinto per meriti militari, civili o anche sportivi.

Doyner era nervoso: non solo perché era una situazione in cui poteva risultare difficile proteggere l'Imperatore, ma anche perché, a venti minuti dall'inizio della cerimonia, Jordan non si era ancora fatto vivo. Il Capo dell'ASSE dovette attendere ancora un quarto d'ora prima che il Principe lo affiancasse, meritandosi un'occhiataccia da parte di Parsell. A quel punto, Doyner preferì prendere da parte il Principe, per chiedergli i motivi del suo ritardo.

- Scusami , si giustificò Jordan. - Stanotte sono rimasto a lungo a parlare con Faidon, e stamattina non riuscivo proprio ad aprire gli occhi... -

Doyner lo scrutò senza troppa convinzione.

- Nient'altro? - domandò.

Jordan lo fissò allibito.

- Perché, che altro dovrebbe esserci? - chiese di rimando.

Il Capo dell'ASSE provò un'improvvisa vergogna per i dubbi che aveva nutrito nei confronti dell'amico.

- Hai ragione - rispose, scuotendo la testa.

Poi, mentre il corteo già muoveva i primi passi, decise che era arrivato il momento di mettere il Principe al corrente dei sospetti di Parsell. Alla fine, Jordan rimase in silenzio, scuotendo impercettibilmente il capo. Doyner lo fissò intensamente:

- Jordan... dimmi che non c'è niente di vero -.

La frase di Doyner sembrò ferire il Principe, che si morse il labbro inferiore.

- Io voglio bene a mio fratello - replicò poi sicuro.

- Non ne ho mai dubitato, Jordan... davvero! È solo che... -

- Doyner! Se non mi credi nemmeno tu... come puoi pretendere che lo faccia Parsell...? -

Il Capo dell'ASSE si fermò, colpito dall'amarezza del tono dell'amico, oltre che dalle sue parole.

- Ti credo - disse poi. - Ti credo. Fermamente... con tutto me stesso -.

E la sua voce non era più incrinata dal dubbio. Jordan sorrise, un po' più sollevato. In quel momento, un'esclamazione di stupore ondeggiò in mezzo alla folla raccolta ai lati della strada, fin dentro al cuore del corteo, inducendo tutti i presenti ad alzare lo sguardo verso il cielo. Quando anche Doyner e Jordan imitarono gli altri, però, non videro nulla.

- Aspetta qui - disse allora il Capo dell'ASSE a Jordan.

E corse a cercare Parsell che, appena alle spalle dell'Imperatore, si agitava nervosamente scattando in ogni direzione, come se avesse avuto il sentore di un pericolo imminente.

- Cos'è successo? - gli domandò Doyner.

- Si può sapere dov'eri finito?! - ringhiò il Comandante delle Guardie.

- Ero con Jordan - replicò freddo il Capo dell'ASSE. - Cos'è successo? -

- Tre lampi improvvisi nel cielo. Provenivano da terra. Sembra una specie di... -

- Attenzione! -, gridò una voce nel mare della folla che riempiva le vie della capitale.

Doyner e Parsell alzarono gli occhi contemporaneamente: una navicella sconosciuta aveva appena violato lo spazio aereo di Aghor, e ora si dirigeva pericolosamente verso terra, puntando proprio contro il corteo. Immediatamente, Treacher diede l'ordine alle forze di sicurezza di intervenire per stornare la minaccia ma, prima ancora che le astronavi di Aghor avessero il tempo di decollare, la navicella misteriosa esplose due colpi in successione, due raggi laser verso il centro del corteo, in direzione dell'Imperatore.

- Faidon! - gridò Doyner.

Ma, prima ancora che l'Imperatore potesse rendersi conto di quanto stava avvenendo, Parsell lo spinse a terra facendogli scudo con il suo corpo, ricevendo i due colpi in pieno petto.

- Faidon! - gridò Jordan, cercando di farsi largo fra la folla.

Nel frattempo, due astronavi si erano alzate in volo, avevano affiancato la navicella misteriosa e l'avevano abbattuta nel fragore di un'esplosione.

Jordan aveva raggiunto Faidon che si stava rialzando a fatica, visibilmente scosso ma illeso. L'Imperatore rassicurò il fratello con un gesto, poi si voltò inorridito in direzione di Parsell, che era riverso a terra, attorniato dalla folla: con il cuore che gli batteva all'impazzata, Faidon cercò con lo sguardo Doyner, per poi scoprire che era inginocchiato accanto al Comandante delle Guardie. Gli vennero le lacrime agli occhi ricordando come anche il suo migliore amico, Trevor, anche lui Comandante delle Guardie, aveva scelto la morte per permettergli di proseguire il suo viaggio.

D'improvviso, però, Faidon vide il Capo dell'ASSE alzarsi e rivolgergli un ampio sorriso mentre congiungeva l'indice e il pollice della mano destra in un cerchio pieno di speranza.

Confuso e sbigottito, l'Imperatore allontanò con un gesto i medici che erano subito accorsi a prestargli i primi soccorsi, e si diresse il più rapidamente che poteva verso Doyner per chiedergli spiegazioni: ma non ce ne fu bisogno. Quando infatti giunse a pochi passi dal Capo dell'ASSE, Faidon ebbe la più gradita delle sorprese: Parsell si era rialzato, ancora malfermo sulle gambe, ma apparentemente illeso.

- Phil! - lo chiamò l'Imperatore, gli occhi che gli brillavano dalla felicità.

E dal Comandante delle Guardie ricevette in cambio un sorriso.

- Ma cosa... come...? - balbettò Faidon senza osare neppure sfiorarlo a causa del dolore che temeva di potergli provocare.

Parsell tirò un lungo sospiro, e poi si sbottonò l'uniforme bruciacchiata, rivelando un giubbotto metallico, realizzato in una speciale lega in grado di resistere anche ai potentissimi laser di ultima generazione.

- Viene dai laboratori di Hyrvik - spiegò. - È solo un prototipo, ma direi che ha funzionato! -

Faidon allargò le labbra in un sorriso di puro sollievo, e subito dalla folla iniziarono a levarsi grida di esultanza e di gioia. In quel mentre, giunsero sul posto le astroambulanze che erano state prontamente allertate, e che condussero immediatamente sia Faidon che Parsell all'ospedale militare della capitale per degli accertamenti.

Frattanto, i piloti delle astronavi che avevano abbattuto il velivolo nemico avevano riferito che i radar non avevano segnalato tracce di vita all'interno dell'abitacolo della navicella.

- Un radiocomando - sentenziò Doyner non appena fu messo al corrente degli sviluppi dell'indagine. - Forse addirittura un termorilevatore -.

- E un sensore per colpire l'Imperatore - aggiunse distrattamente Parsell, l'unico ancora immobilizzato nel suo letto.

- E quei tre lampi? - domandò Faidon.

- Per me erano un segnale - replicò ancora il Comandante delle Guardie.

Nel lato opposto della stanza Jordan, non visto, si morse il labbro inferiore.

- Un segnale?! - esclamò l'Imperatore.

- È plausibile - ammise Doyner. - Frosten doveva aver concordato tutto con il suo contatto, il che potrebbe voler dire che è assai probabile che il nostro "amico" faccia parte della spedizione, e che dunque si trovi ancora su Aghor -.

Il pensiero di Faidon corse immediatamente a Sackville, che tuttavia era stato avvertito solo all'ultimo momento del desiderio dell'Imperatore di vederlo partecipare alla missione su Aghor: un tempo probabilmente troppo breve perché il Duca potesse pianificare un attentato curato fin nei minimi dettagli.

- Un segnale per Frosten... - ripeté Faidon.

E, quasi senza rendersene conto, si era voltato verso Jordan, che teneva gli occhi fissi a terra, annuendo lievemente con il capo, un'espressione di sconforto e smarrimento dipinta sul viso.

- È vero... -, sospirò.

E Faidon si sentì gelare il sangue nelle vene.

- Era il segnale che Frosten usava con le sue reclute durante le esercitazioni - spiegò il Principe con la voce che gli tremava. - Ogni ufficiale ne aveva uno: il suo erano tre lampi emessi con un Chester 21 -.

Faidon abbassò lo sguardo, mentre Parsell si voltò verso Doyner con l'aria di chi la sapeva lunga, come se avesse appena sentito dalla bocca del suo indiziato la confessione che da tempo attendeva.

- Non farti illusioni - gli sussurrò tra i denti il Capo dell'ASSE. E poi, a voce più alta, affermò: - Il Principe Jordan è stato con me tutto il tempo, e posso assicurarvi che non c'entra nulla con questa storia -.

- A meno che - replicò il Comandante delle Guardie, - i tre lampi non siano stati generati con un comando a distanza ... -

- Puoi sempre provarlo... - ghignò Doyner, rivolgendogli uno sguardo di sfida.

Faidon scosse impercettibilmente la testa. Per un attimo aveva davvero temuto che le assurde ipotesi di Parsell potessero rivelarsi più vicine alla verità di quanto lui non volesse ammettere, e la ferma testimonianza del Capo dell'ASSE gli aveva fatto tirare un lungo sospiro di sollievo. Si voltò verso Doyner, decisamente più confortato.

- Ti risulta che qualcuno si sia allontanato dal corteo? - domandò.

Il Capo dell'ASSE allargò le braccia, poi sospirò e fece un cenno di diniego. A tuttora, non vi era alcun riscontro in tal senso, cosa che rendeva più consistente l'ipotesi di un comando a distanza che - Doyner ne era certo -, se davvero esisteva, non sarebbe mai stato trovato: chi infatti sarebbe stato così sciocco da lasciare in giro la prova della propria colpevolezza?

- Che mi dici di Sackville? - domandò a bruciapelo l'Imperatore.

- È sempre stato sorvegliato dai miei uomini... - replicò il Capo dell'ASSE scuotendo la testa. - Escludo che possa essere stato lui -.

Faidon annuì, consapevole di una verità di cui, in fondo, non aveva mai dubitato. Tuttavia, alzandosi, si sentì comunque il cuore più leggero: e fu con questa sensazione di puro sollievo che tornò nella sala d'attesa, dove rimase con Doyner e Jordan finché Parsell non venne dimesso, qualche ora dopo. Poi tornarono tutti insieme alla residenza del Governatore dove avrebbero trascorso la notte, in attesa di ripartire per Astragon il pomeriggio seguente.

Jordan stentò a prendere sonno, ancora scosso per gli avvenimenti della giornata, dall'attentato subito dal fratello fino alle accuse mossegli dal Comandante delle Guardie. Alla fine, stanco di continuare a rigirarsi fra le lenzuola, decise di alzarsi ed affacciarsi alla finestra della sua stanza a contemplare il cielo corvino trapunto di schegge di luce, una visione quasi magica, che riusciva a restituirgli un po' di serenità perfino nei momenti più difficili.

Fu allora che gli sembrò di scorgere un'ombra nel giardino, una figura misteriosa che si muoveva con circospezione sotto l'oscura protezione della notte. Osservandone più attentamente la corporatura e l'andatura, d'improvviso il Principe credette di riconoscere in quell'ombra lontana una persona che gli era familiare: si pose una mano davanti alla bocca quando infine comprese. E subito le tenebre gli divennero chiare.

XXVI.

- Che cos'hai detto?! - esclamò Dwight. - Non hai intenzione di partecipare alle ricerche? -

I suoi occhi sgranati e il volto teso esprimevano tutta la sorpresa che si era manifestata nelle sue parole. Kyril però non lo degnò di uno sguardo.

- Non mi sembra che tu abbia problemi di udito - replicò secco.

- Ma... ma perché?! -

- Perché la ritengo una perdita di tempo: non credo che il Principe Ereditario di Astragon sia qui e, se anche fosse, avrebbe di certo una protezione insuperabile. Nell'uno e nell'altro caso, noi non potremmo farci nulla. Non posso impedirvi di sprecare così il vostro tempo ma, almeno, lasciate in pace chi non vuole entrarci -.

"Doppia K" voltò le spalle all'amico e si incamminò nel corridoio del primo piano per raggiungere l'aula di

Lingua e Grammatica astragonese, ma Dwight lo afferrò per la spalla costringendolo a girarsi verso di lui.

- Che cosa?! - esclamò. - E dov'è finito il Kyril combattivo e indomabile che conoscevo?! -

- Dwight, per cortesia! Mi farai fare tardi alla lezione! -

Di tutte le cose senza senso che "Doppia K" aveva detto, questa era senza dubbio la più assurda. Dwight rimase come paralizzato mentre guardava l'amico allontanarsi. Poi si riscosse, e lo seguì fino alla classe della Professoressa Syren.

Mentre prendeva posto accanto a lui e ad Hyles, Dwight si rese conto che Rigel non era ancora arrivato.

- E "R 'n B"? - domandò.

- Non si sentiva bene - rispose Kyril, lanciando un'occhiata ad Hyles che annuì. - È rimasto in camera. Ha detto che, se si riprende, ci raggiungerà più tardi dalla Byon -.

Dwight annuì, e poi aprì il file contenente le dispense di Lingua e Grammatica Astragonese. Stranamente, la risposta del figlio di Doyner, benché plausibilissima, non lo aveva convinto, anzi, se possibile lo aveva insospettito ancora di più. Perciò, quando arrivò la pausa di metà lezione, si scusò con gli amici dicendo che la natura chiamava, e si diresse di corsa verso la stanza di Rigel. Stava per bussare, quando improvvisamente sentì provenire dall'interno la voce del biondino.

- Sei proprio sicuro che non c'è altra scelta? -

C'era una nota di sconforto, se non di pura disperazione nella sua voce, incrinata da lacrime nascenti.

- Perché sarei qui, altrimenti? -

La voce che aveva replicato a Rigel era senza dubbio quella di un adulto, una voce che a Dwight parve subito in un certo qual modo familiare. Il ragazzo dovette fare mente locale per qualche istante, ma alla fine riuscì a capire. E non poté fare a meno di chiedersi:

"Che diavolo ci fa Pitt Clarkson nella stanza di Rigel?!"

- Non si può proprio trovare un'alternativa? - gemette in quel momento il biondino.

Le sue parole erano intrise di malinconia. Dall'interno della camera, Clarkson sospirò.

- La vita a volte è dura, piccolo… - disse.

- Dwight! -

Il ragazzo si voltò improvvisamente mentre Kyril e Hyles avanzavano verso di lui.

- Si può sapere che cosa stai facendo?! - domandò "Doppia K" in tono spazientito.

Dwight gli intimò di tacere.

- Ma cosa sta succedendo? - chiese Hyles.

- Shhh! - fece Dwight di rimando.

Poi li invitò ad accostare l'orecchio alla porta. In quel momento, dall'interno della camera Rigel levò un'ultima supplica:

- Ti prego... -

La sua voce esprimeva un'angoscia così profonda che Dwight si sentì quasi rabbrividire. Poi, per qualche istante, calò il silenzio, un silenzio inquietante ed opprimente, rotto solamente dagli strazianti gemiti del biondino. Poi si udì il rumore di una zip, e infine la voce di Clarkson:

- Bravo, piccolo... bravo... -

Dwight e Hyles si scambiarono un'occhiata carica di preoccupazione, mentre Kyril sembrava spaesato, quasi contrito, con gli occhi bassi e un'espressione avvilita sul volto.

Improvvisamente, la porta della stanza si aprì, e Rigel si affacciò sulla soglia con in mano una pesante valigia, seguito come un'ombra da Clarkson: entrambi rimasero come paralizzati quando si accorsero degli altri tre Intoccabili.

- Cosa ci fate voi qui?! - esclamò il biondino.

- Che cosa ci fa *lui* qui?! - esclamò in risposta Dwight, puntando l'indice contro Clarkson.

- Non c'è tempo per le spiegazioni! - tuonò l'assistente.

E, messo un braccio attorno alle spalle di "R 'n B", fece per oltrepassare il gruppetto conducendo con sé il ragazzo. Improvvisamente, però, il biondino puntò i piedi, liberandosi di colpo dall'abbraccio dell'uomo.

- Aspetta! - esclamò nella sua direzione. - Loro hanno il diritto di sapere -.

- Sapere che cosa?! - disse Dwight, esterrefatto.

E si voltò verso l'assistente, che però si era girato sospirando verso l'adito del corridoio, controllando che non stesse arrivando nessuno. Dwight si voltò di nuovo verso l'amico, che si stava mordendo il labbro inferiore: il biondino abbassò lo sguardo, tirò un lungo sospiro e poi disse:

- Mi dispiace di avervi mentito... sul serio... -

Poi fissò ognuno dei suoi amici dritto negli occhi, annuì con un lieve cenno del capo, respirò a fondo e concluse:

- Io sono Lorin Rayos dei Garidi, Principe Ereditario di Astragon -.

Hyles restò letteralmente a bocca aperta. Dwight, invece, superato il primo momento di stupore, credette finalmente di aver compreso tutto - la strana complicità che legava Kyril e il biondino, per esempio, ed anche il motivo per cui il Preside era sempre stato così clemente nei loro confronti -. A quel punto, convinto di essere stato trattato ingiustamente, con indulgenza se non quasi con scherno, si voltò accigliato verso Kyril, che se ne stava appoggiato alla parete, in silenzio, con la testa bassa e l'aria di chi avrebbe voluto trovarsi su un altro pianeta.

- Tu lo sapevi! - esclamò Dwight in tono risentito. - Sapevi tutto fin dall'inizio! -

"Doppia K" non batté ciglio.

- Mio padre mi ha chiesto di mantenere il segreto - disse freddamente, - ed è quello che ho fatto -.

Dwight scosse la testa, deluso: pensava di poter essere considerato più degno di fiducia da parte del suo migliore amico. Poi si voltò di nuovo verso Lorin.

- E lui - riprese, indicando l'assistente, - si può sapere chi tereba è? -

L'uomo si voltò verso di lui.

- Mi chiamo Timo McIvon - disse, - Ammiraglio della Golden Eagle, membro del Gran Consiglio e parecchie altre cose. Sono stato incaricato dall'Imperatore di proteggere suo figlio -.

- Cioè - intervenne Hyles, evidentemente frastornato, - voi siete sempre stato qui su Uniland?! -

- Esatto -, replicò Timo, - in gran segreto. Non mi sono mai esposto, se non in circostanze particolarissime, quando l'Imperatore mi chiedeva di poter ricevere alcune immagini di Lorin che ne lenissero il dolore per la lontananza del figlio -.

- E perché ora sei qui? - si inserì Dwight.

- Tares Ybil - replicò secco Timo.

Dwight lo guardò perplesso.

- Sospettava - riprese l'uomo, - che Lorin fosse qui, o forse lo sapeva per certo… Fatto sta che ha inviato i suoi sicari a spargere la notizia nella speranza che commettessimo un passo falso -.

- E non è esattamente quello che state facendo? - domandò Kyril.

- Fino a ieri ti avrei dato ragione - rispose Timo, - e infatti ho chiesto al Preside di poter assumere il ruolo di assistente solo per controllare meglio la situazione - .

- Quindi - si inserì Hyles, - il Preside Giffed sapeva di Lorin e… anche di voi? -

Timo annuì.

- Qualche ora fa, però - riprese, - ho sentito un uomo di Vainomed proporre una descrizione che si avvicinava moltissimo al reale aspetto di Lorin: è stato allora che ho capito che dovevamo lasciare Uniland subito, prima che le voci attecchissero -.

- Ma come facevano a conoscere il suo aspetto?! - chiese Dwight.

- Ce lo stiamo domandando anche noi... e per il momento non riusciamo a trovare che una risposta... -

- L'Uomo Senza Volto - concluse Kyril amaramente.

- O un suo contatto su Astragon - aggiunse Timo.

- L'Uomo Senza Volto?! - esclamò Hyles. - Ma non era morto undici anni fa?! -

- È quello che abbiamo sperato tutti - replicò Timo. - Ma, in fondo, penso che nessuno ci abbia creduto veramente... -

Per un attimo ci fu silenzio. Poi Kyril fissò negli occhi il biondino e disse:

- E quindi ora ve ne dovete andare... giusto? -

Lorin annuì, gli occhi velati dalla tristezza e dalla malinconia.

- Tornate in classe - disse Timo ai tre ragazzi. - Noi ce ne andiamo adesso, in orario di lezione, sperando di poter cogliere di sorpresa i nostri nemici... Coprite la nostra fuga, se potete... -

I tre ragazzi annuirono all'unisono. Poi Kyril si avvicinò a Lorin, gli strinse forte la mano e disse:

- Peccato... ora non potrò più chiamarti "R 'n B"... -

Il biondino sorrise, e lo abbracciò stretto.

- Per te io sarò sempre "R 'n B"... -, rispose in un filo di voce.

Poi fu la volta di Hyles, che si avvicinò lentamente, quasi con timore, e disse solo:

- Arrivederci, Altezza... -

Per tutta risposta, Lorin lo abbracciò sussurrandogli:

- Ciao, amico mio... non temere, ci rivedremo presto -
.

Hyles sorrise ed annuì, e il biondino gli diede un buffetto su una guancia. Infine, fu il turno di Dwight, che si avvicinò con gli occhi bassi, cercò di dire qualcosa senza riuscire a trovare le parole, sospirò e alla fine strinse forte al petto l'amico, che lo abbracciò a sua volta.

- Ciao, Dwight - disse Lorin.

- Ciao... Rigel! -

Il biondino sorrise. Poi afferrò la valigia, e si affrettò a raggiungere le scale, prima che i suoi amici si accorgessero che era sul punto di scoppiare in lacrime.

L'astronave di Timo si trovava all'interno della foresta che circondava Litenburg, nascosta dai tronchi massicci ed imponenti degli antichissimi alberi e perfettamente mimetizzata nel folto sottobosco: perfino quando il pilota gliela indicò, Lorin ebbe difficoltà ad individuarla.

Per poter partire, Timo dovette prima spostare la navicella fino a una vicina radura, con una serie di manovre ardite e rischiose, così complesse che qualsiasi altro pilota avrebbe probabilmente rinunciato in partenza: chiunque, ma non Timo, che ormai veniva considerato da tutti - e a ragione - il più abile pilota dell'intero universo.

Nel giro di un quarto d'ora, l'astronave era già pronta per il decollo. Lorin si sedette accanto a Timo ma, una volta accesi i motori, scattò in piedi ed incollò il viso all'oblò per non perdere neppure un'immagine di quel mondo che ormai non poteva fare a meno di sentire come proprio.

E fu un bene perché, all'improvviso, il biondino scorse delle scie lattiginose innalzarsi da terra verso l'atmosfera del pianeta.

- Timo! - gridò.

Il pilota controllò subito il radar, che confermava i sospetti di Lorin.

- Sei astronavi - comunicò Timo, - forse di più. Tieniti forte -.

Lorin tornò a sederglisi accanto mentre il pilota accelerava di colpo per riuscire a distanziare le navicelle di Vainomed.

- Saltiamo nell'iperspazio! - esclamò il ragazzino.

- Sono troppo vicini... - rispose Timo, - potrebbero riuscire a seguirci... -

- E allora cosa facciamo? - domandò il biondino, chiaramente spaventato.

Timo gli rivolse un sorriso rassicurante.

- Gli prepariamo un bello scherzetto - disse facendogli l'occhiolino.

Ormai avevano superato i confini del sistema stellare di Uniland. Di fronte a loro si stendeva, maestosa e variopinta, la grande Nube di Orynx: e proprio lì era diretta la navicella di Timo.

- Dimmi che non stai per fare quello che temo tu stia per fare... - disse Lorin.

- Tranquillo - lo rassicurò il pilota. - Le nebulose sono pericolose per due motivi: il rischio di collisione con i detriti, che noi annulliamo attraverso gli xod letta; e la grande emissione elettromagnetica, che fa praticamente impazzire tutti gli strumenti di bordo: ed è proprio quello che accadrà ai nostri "amici" -.

- E perché a noi non dovrebbe succedere? -

- Perché non esiste astronave più sofisticata di questa... tuo padre ha pensato a tutto, cosa credi? -

Lorin incrociò le dita e sospirò, confidando nella perizia di Timo. Dopo pochi istanti, la navicella entrò, protetta dagli xod letta, nella gigantesca nube di polveri e gas, subito seguita dalle astronavi di Vainomed. Timo controllò immediatamente che la strumentazione non avesse subìto danni, e tirò un sospiro di sollievo quando si rese conto che le apparecchiature resistevano.

La stessa cosa non si poteva invece dire per gli inseguitori: la pioggia di detriti non sembrava essere un problema, essendo anche loro dotati di xod letta, ma le evidenti oscillazioni, le vibrazioni e la graduale deviazione dalla rotta seguita da Timo fecero capire al pilota che i loro problemi erano appena cominciati.

Ben presto, i loro nemici si ritrovarono a vagare all'interno della grande nube, separati gli uni dagli altri, senza alcuna possibilità di ritrovare l'orientamento perduto. Quando anche gli ultimi strumenti cedettero, e gli xod letta si dissolsero, cominciò il bombardamento di polveri e rocce, che non lasciò scampo a nessuna delle astronavi di Tares Ybil.

Timo si volse sorridendo verso Lorin, che gli restituì un sorriso di sollievo e di gratitudine.

- Ce l'abbiamo fatta davvero? - domandò il ragazzino.

- Sì - rispose Timo. - Ora siamo al sicuro -.

Lorin lo guardò ammirato per qualche istante, poi si alzò dal suo sedile, si avvicinò a quello del pilota e lo abbracciò stretto. Per un momento, Timo rimase interdetto, incerto su come comportarsi: poi decise semplicemente di rispondere al gesto d'affetto del ragazzino, gli accarezzò paternamente i capelli e poi, sorridendo, lo invitò a tornare al suo posto.

- Tieniti stretto - gli disse. - Torniamo a casa! -

XXVII.

- Guarda un po' chi c'è! Ehi, Parsell! Unisciti a noi! -

Il Comandante delle Guardie lanciò a Doyner un'occhiata stralunata, si avvicinò all'antico biliardo alle cui sponde erano appoggiati sia il Capo dell'ASSE che Jordan, poi scosse la testa ed oltrepassò il tavolo verde; percorse l'intero perimetro della "Tarten Halle", soffermandosi qualche istante di fronte ad ognuno dei giochi che vi erano contenuti ma senza neppure sfiorarne alcuno, e poi si diresse alla finestra che si trovava in fondo alla stanza, la spalancò e si appoggiò al davanzale, aspirando a pieni polmoni l'aria fresca della sera.

Doyner scambiò con Jordan un'occhiata assai significativa, poi posò la stecca e andò a raggiungere il Comandante delle Guardie alla finestra.

- Phileas - disse. - Va tutto bene? -

Parsell si voltò verso di lui annuendo.

- Era solo un capogiro - affermò.

Ma la sua voce era più flebile del solito, ed il suo viso più pallido. Doyner lo prese per un braccio e gli disse:

- È meglio che ti porti all'aria aperta -.

Parsell annuì, e lasciò che il Capo dell'ASSE lo conducesse giù per le scale e poi attraverso le sale del Palazzo Imperiale, finché non superarono il portone principale, uscendo in giardino. Il contatto con la fresca brezza che spirava dal nord parve subito rianimare Parsell, le cui guance ripresero un po' di colore. Ben presto - Doyner ne era sicuro - sarebbe tornato in perfetta forma.

Nel frattempo, rimasto solo nella "Tarten Halle", anche Jordan aveva posato la sua stecca. E, con aria indifferente, era andato anche lui ad affacciarsi alla finestra rimasta spalancata.

Faidon era decisamente di pessimo umore, come sempre quando trascorreva un intero pomeriggio all'interno della Curia. Nella fattispecie, l'Imperatore vi si era dovuto recare per riferire dinanzi ai Senatori a proposito del fallito attentato di Aghor.

Terminato il suo intervento, Faidon era rimasto in attesa dell'apertura del successivo dibattito, che doveva essere avviato da un Senatore a lui vicino. Tuttavia, con un colpo di mano, il Presidente del Senato Wallun aveva concesso la parola al Primo Ministro Houer, che non aveva mancato di deplorare l'accaduto, senza tuttavia esimersi dal lanciare continue frecciate contro Faidon e la sua politica "conservatrice e illiberale" che, a suo dire, era la prima e unica responsabile dell'odio che numerosi popoli nutrivano contro l'Impero di Astragon e, in particolare, contro la persona dell'Imperatore.

A quel punto, Faidon si era alzato dal suo seggio chiedendo insistentemente la parola, ma Wallun gliel'aveva negata, sostenendo di avere l'obbligo di rispettare la scaletta ufficiale che prevedeva altri sei interventi in successione. Benché Faidon si fosse diligentemente riaccomodato sul suo scranno, l'opposizione era tuttavia immediatamente insorta, facendo però, involontariamente, il gioco di Houer: dopo pochi istanti, infatti, un principio di rissa aveva obbligato Wallun a sospendere la seduta, e il Presidente del Senato aveva subito fissato la ripresa dei lavori al tardo pomeriggio, una misura che aveva di fatto impedito a Faidon di poter replicare alle oltraggiose menzogne di Houer.

Così, schiumando rabbia, l'Imperatore aveva fatto ritorno alla Reggia, dove era già tutto pronto per la serata danzante che Mailynn aveva organizzato in suo onore. Vedendolo però così di malumore, l'Imperatrice gli domandò se non fosse il caso di rinviare la cerimonia: con suo grande stupore, però, Faidon le rispose che non intendeva affatto rinunciarvi.

- Molte di quelle vecchie mummie di là mi avevano già fatto il funo - spiegò sarcastico. - Ora si accorgeranno che sono più vivo che mai -.

Furono proprio l'Imperatore e sua moglie ad aprire le danze al ritmo di una melodiosa ballata, subito seguiti dalla maggior parte dei nobili ospiti presenti alla serata. Tuttavia, al termine del secondo ballo, Faidon iniziò ad accusare la stanchezza non ancora smaltita dai giorni precedenti, dall'attentato di Aghor, cui si era sommata la tensione accumulata durante la giornata in Senato. Scusandosi con Mailynn, andò a sedersi sul suo trono, con l'intenzione di assistere a qualche altro ballo e poi congedarsi.

Cercò con lo sguardo sua moglie in mezzo alla folla, e la trovò mentre stava parlando con un Marchese e con sua moglie, una distinta coppia di anziani dalle maniere garbate e signorili. All'improvviso, però, Faidon notò che qualcuno le si stava avvicinando, qualcuno che non faticò a riconoscere, e la cui sola vista gli fece ribollire il sangue nelle vene.

Si alzò di scatto dal trono, e raggiunse Mailynn proprio mentre Sackville le stava chiedendo l'onore del successivo ballo.

- Non credo proprio! - esclamò l'Imperatore, scurissimo in volto.

- Faidon! - disse Mailynn, protendendo le braccia verso di lui per allontanarlo dal Duca.

Reprimendo a fatica il desiderio di colpire l'uomo che forse aveva davvero creduto di potergli insidiare la moglie, l'Imperatore si limitò a lanciargli un'occhiata di fuoco e si lasciò condurre via, sul suo trono, consapevole del fatto che non era certo di uno scandalo che aveva bisogno.

In quel momento, la musica si interruppe. Era l'occasione che Faidon stava aspettando: si alzò in piedi, facendo un cenno agli orchestrali perché non riprendessero a suonare, e ringraziò tutti i presenti per aver partecipato alla serata, di fatto chiudendo le danze e congedando i suoi ospiti. Poi si gettò di nuovo a sedere sul trono, facendo segno anche ai valletti, ai camerieri e agli orchestrali di lasciare la sala. Mailynn lo guardò preoccupata.

- Va' anche tu - le disse l'Imperatore. - Vorrei restare solo, se non ti dispiace… tra qualche minuto ti raggiungo nelle tue stanze -.

Mailynn annuì, gli stampò un bacio sulla guancia, gli sussurrò un "Ti amo" e poi lasciò anche lei la Sala del Trono, richiudendo i grandi portoni istoriati alle proprie spalle. Una volta accertatosi di essere solo, Faidon tirò un lungo sospiro, e si passò una mano sugli occhi, attendendo che le dolorose pulsazioni alle tempie cessassero.

- Altezza… -

L'Imperatore non riconobbe la voce del cortigiano, né si premurò di sforzarsi per farlo: il solo pensiero che gli era balenato nella mente era che, come al solito, c'era qualcuno evidentemente poco incline ad accondiscendere alle sue richieste.

- Vi ho già detto - sospirò, - che vo… -

Ma le parole gli morirono in gola quando si scoprì gli occhi, scorgendo il viso dell'uomo che lo fronteggiava: davanti a lui, inginocchiato come il più fedele dei suoi sudditi, c'era Val Frosten, *La Lama del Diavolo*.

XXVIII.

Parsell stava decisamente meglio: aveva ripreso il colorito naturale, e giurava, con voce assai più tonica rispetto a qualche minuto prima, che l'emicrania fosse solamente un ricordo.

I rigogliosi giardini della Reggia, illuminati dalle lune di Astragon, risplendevano di un candore soffuso che faceva sembrare quel paesaggio surreale, quasi da fiaba, come se fosse l'opera del più abile tra i pittori.

Doyner e Parsell si sedettero su una panchina di pietra mentre osservavano gli ospiti di Faidon lasciare a poco a poco il Palazzo Imperiale. Il Capo dell'ASSE iniziò a ridere sotto i baffi.

- Cosa c'è? - gli chiese Parsell.

- Se avessi un keimon per ogni parrucca o toupet indossato da quei kurushi, sarei più ricco dell'Imperatore -.

- Credevo che già lo fossi... -

- Solo in donne, per il momento... -

Parsell sorrise di gusto. Poi, improvvisamente, il suo viso si rabbuiò, e lui scattò in piedi, guardando in direzione della Reggia.

- Che cosa c'è? - gli chiese Doyner.

- Credevo di aver visto... no, niente... -

Il Capo dell'ASSE si alzò e gli venne accanto, scrutando il cielo sopra al Palazzo Imperiale. E lì, all'improvviso, li vide: tre lampi di luce rapidissimi, analoghi a quelli che avevano preannunciato l'attentato di Aghor.

Doyner e Parsell si scambiarono uno sguardo deciso, e poi iniziarono a correre in direzione della Reggia.

- Va' a chiamare i miei uomini! - esclamò il Comandante delle Guardie. - Io corro alla Sala del Trono! -

Doyner annuì, e svoltò a sinistra, nel vialetto che lo avrebbe condotto alla caserma degli Immortali, il corpo di soldati scelti che proteggevano l'Imperatore, e che lui stesso aveva guidato undici anni prima, dopo la scomparsa di Trevor.

All'interno della Sala del Trono, Faidon fissava impassibile Frosten, che ora si era rimesso in piedi di fronte a lui.

- Come sei arrivato fin qui? - domandò l'Imperatore.

- Mi ha aiutato vostro fratello, il Principe Jordan -.

Faidon sgranò gli occhi, il cuore percorso da un improvviso brivido. Istantaneamente, si sentì svuotato di ogni energia. Per un attimo si sentì così disperato che non gli importò neppure del rischio di poter morire da un momento all'altro. Poi riuscì a riacquistare un po' di autocontrollo, respirò a fondo, si morse il labbro inferiore, e tornò a fissare il famigerato assassino.

- Così - proseguì, - mio fratello è tuo complice…? -

- Complice?! No! No, Altezza, no! Io sono qui per aiutarvi! -

Faidon gli rivolse uno sguardo carico di disprezzo, pensando che potesse almeno risparmiarsi quella patetica sceneggiata! Frosten dovette intuire ciò che passava nella mente dell'Imperatore, perché riprese, assumendo un tono più umile, più dimesso:

- È la verità - affermò. - Non sono qui per nuocervi… altrimenti vostro fratello non mi avrebbe mai permesso di arrivare a voi. Lui vi ama come forse nessun altro… non permetterebbe mai che vi accada qualcosa di male! -

Faidon abbassò gli occhi, mordendosi di nuovo il labbro inferiore: ancora una volta, la lealtà di Jordan era stata messa in discussione, e ancora una volta, a quanto pareva, a torto. Ma poteva veramente fidarsi? Scosse impercettibilmente la testa. Dentro di sé era sicuro di sì. E, malgrado la situazione, l'Imperatore si sentì improvvisamente il cuore gonfio di felicità. Poi tornò a fissare Frosten, rivolgendogli uno sguardo carico di dubbio e di sospetto:

- Perché saresti qui, allora? - gli domandò in tono scettico.

- Per avvertirvi di una grave minaccia che incombe su di voi e sulla vostra famiglia! -

- Una minaccia... - ripeté l'Imperatore, soppesando attentamente le parole. - E tu come l'avresti saputo? -

- Un soldato ubriaco... mesi e mesi fa... si lasciò sfuggire dell'esistenza di un oscuro progetto, concepito per colpire ogni singolo membro della Famiglia Imperiale! -

- Se ti riferisci a Tares Ybil, sappi che... -

- No! No, Altezza! Il pericolo viene dalla vostra casa!
-

Faidon sgranò gli occhi.

- Come?! Che cosa stai dicendo?! -

- Un traditore, Altezza! Non so chi sia, ma so che è sua la mano che dovrà colpirvi! -

- E perché mai dovrei crederti? -

Frosten si lasciò sfuggire un sorriso. In quel momento, alle sue spalle i grandi portoni della stanza si schiusero, ma né lui né l'Imperatore se ne accorsero.

- Sono sfuggito a tutti i controlli - riprese Frosten, - e sono ricercato in tutto l'universo... Pensate davvero che, se il mio unico intento fosse stato quello di uccidervi, sareste ancora in grado di sentire la mia voce?

Per dieci anni ho convissuto con quella terribile macchia, col disonore di quelle accuse infamanti, e con la vergogna di non essere riuscito a salvare la vita di due persone... E ora che ho finalmente intravisto la possibilità di riscattare la mia dignità e il mio onore, non ho esitato neppure un momento a mettere in gioco la mia stessa vita per evitare che la storia possa ripetersi... per evitare che... altro sangue innocente... possa essere sparso! -

- Frosten! -

L'uomo si voltò. Nello stesso istante, Parsell esplose due colpi in rapida successione, colpendolo allo stomaco e al cuore. Frosten si accasciò senza un lamento.

- Nooo! - gridò Faidon, correndo verso di lui.

Parsell sgranò le pupille, confuso e meravigliato dall'assurda reazione dell'Imperatore.

- Val! - gridò Faidon, inginocchiandosi accanto a Frosten. - Val! -

Ma lui non poteva già più sentirlo. Con gli occhi gonfi di tristezza, l'Imperatore vide che, infine, sul suo volto era apparso un lieve sorriso.

- Va' in pace... - sussurrò Faidon, rialzandosi.

- Ma... che cosa sta succedendo? - domandò Parsell.

- Non era un assassino. Non era qui per uccidermi. Ed ha confermato l'esistenza di un traditore... forse il contatto di Tares Ybil -.

- Cosa?! Chi? Chi è? Ha fatto il suo nome? -

Faidon scosse la testa scoccando un'occhiata di rimprovero a Parsell, che abbassò gli occhi, contrito. Poi l'Imperatore gli voltò le spalle, scuotendo vigorosamente la testa.

Nessuno dei due si accorse della gana che era improvvisamente spuntata in mezzo alle tende scarlatte.

Fu un attimo. L'Imperatore udì il sordo ronzio di uno sparo alle sue spalle, ed ebbe a malapena il tempo di voltarsi: Parsell era a terra, in ginocchio, il braccio destro ferito, una gana davanti alla gamba sinistra.

Un fruscio. Faidon guardò alla sua destra, verso le tende: Jordan apparve come dal nulla, avanzando verso Parsell con in mano una gana che teneva puntata contro la testa del Comandante delle Guardie. Giunto di fronte a lui, diede un calcio all'arma che si trovava davanti al suo ginocchio per allontanarla. Parsell lo guardò con un odio inestinguibile, ma Jordan non si lasciò intimidire.

- Che cosa diavolo sta succedendo? - gridò Faidon.

- È lui il traditore! - esclamò Jordan. - È lui l'uomo di Tares Ybil! -

- Tares Ybil?! - gridò Parsell scoppiando improvvisamente a ridere. - Tares Ybil?! -

L'Imperatore lo fissò sconcertato, mentre Jordan rimase impassibile.

- Tares Ybil - riprese il Comandante delle Guardie, - è il giocattolo del mio signore! La mia lealtà va all'Uomo Senza Volto! -

Jordan annuì lievemente, mentre Faidon sgranò di nuovo gli occhi.

- T...tu?! - balbettò. - Ma d...da quando?! -

Parsell gli rivolse un ghigno di pura malvagità.

- Da quei due omicidi di cui era stato accusato quell'idiota - rispose in tono sarcastico guardando con la coda dell'occhio il corpo esanime di Frosten.

Jordan si sentì ribollire il sangue nelle vene e strinse forte i pugni, ma non disse nulla.

- C'era mancato poco che mi scoprisse - riprese il traditore, - ma io riuscii a tramortirlo prima che mi vedesse, e poi lanciai l'allarme. Capovolgere la realtà è stato un gioco da ragazzi -.

- Non... non è possibile! - gridò l'Imperatore. - Proprio tu che mi hai salvato la vita su Aghor! -

Parsell scoppiò di nuovo a ridere.

- Salvato la vita?! Non siete mai stato in pericolo! -

- Cosa?! - esclamò Faidon.

- Non era un vero attentato - spiegò Jordan. - Doveva solo servire ad attirare i sospetti su di me -.

- E a sviarli da me - aggiunse Parsell, - se mai ce ne fosse stato bisogno: chi mai avrebbe osato sospettare dell'uomo che aveva salvato la vita all'Imperatore? -

- Fino a oggi... - commentò Jordan quasi fra sé, - fino a un attentato per cui sarebbe stato incolpato Frosten, e per cui io sarei stato condannato come complice... -

- Ma perché ora? - domandò Faidon.

- Non dovevate morire allora - replicò Parsell, - non ancora... perché non eravamo ancora riusciti a scoprire l'identità di vostro figlio! -

- Lorin! - gridò Faidon, mentre un brivido gli correva lungo la schiena.

- Sì! - esclamò Parsell con un ghigno malefico. - E con voi e vostro figlio morti, e vostro fratello condannato, non ci sarebbero stati più ostacoli sulla strada del mio signore! -

Per un istante Faidon barcollò, le gambe che gli tremavano. Jordan dovette sorreggerlo per paura che potesse crollare a terra.

- È troppo tardi adesso! - proseguì Parsell. - Voi potete anche esservi salvato, ma potete anche dire addio al vostro ina! -

- Non credo proprio! - gridò Doyner, irrompendo nella Sala del Trono seguito dagli Immortali.

Il Capo dell'ASSE si fermò davanti all'Imperatore e gli mostrò l'Id portatile che costituiva uno dei terminali della linea rossa. Azionando uno dei comandi, istantaneamente si materializzò nella stanza l'immagine di Timo e di Lorin, che sorridevano tranquilli e beati.

- Mi hanno appena avvertito - comunicò Doyner, - che sono riusciti a sfuggire ad un agguato degli uomini di Tares Ybil, e che stanno facendo ritorno su Astragon - .

L'immagine registrata svanì. Faidon ebbe bisogno di mettersi un momento a sedere per calmare i frenetici battiti del suo cuore, mentre Jordan e Doyner rivolsero un'occhiata assai soddisfatta a Parsell, sul cui volto era comparsa un'espressione di sorpresa e di disappunto.

- Portatelo via! - ordinò il Capo dell'ASSE agli Immortali, da cui si staccarono due soldati che sollevarono di peso il loro ormai ex Comandante e, senza troppe cerimonie, lo trascinarono fuori dalla Sala del Trono.

Faidon rimase solo con Jordan e Doyner, e subito si volse con un sorriso di gratitudine verso il fratello, che annuì come a dire di aver capito.

- Si può sapere - gli domandò poi l'Imperatore, - da dove diavolo sei spuntato fuori?! -

- Il passaggio segreto - rispose il Principe.

- Il… passaggio segreto… - replicò Faidon in tono insieme scettico e sarcastico. - Non ci facciamo proprio mancare niente in questo palazzo… per caso abbiamo anche dei fantasmi? -

Jordan incrociò le braccia alzando per un attimo gli occhi al cielo e tirando un lungo sospiro.

- Quello della Sala dello svago - precisò.

- Ah… - fece Faidon, che ignorava totalmente l'esistenza di passaggi segreti all'interno della Reggia. - E come mai ti trovavi lì? -

- Avevo visto Parsell armeggiare con qualcosa al davanzale -.

Il Principe affondò la mano nella tasca della sua veste e ne estrasse un piccolo oggetto metallico, simile a una piccola fotocamera, che mostrò a Faidon e Doyner.

- Di cosa si tratta? - domandò il Capo dell'ASSE.

- È un generatore di luce, in grado di simulare i lampi di un Chester 21. È automatico, e in grado di sparare un numero di colpi prefissato, a un orario prestabilito. Deve averne usato uno uguale anche su Aghor.

Dopo che Parsell ha lasciato la stanza, mi sono accertato che il giardino fosse deserto e, immaginando che Frosten dovesse essere nei dintorni, ho messo in funzione il generatore per attirarlo qui: dovevo assolutamente parlargli, capire che stava succedendo perché non potevo credere che tutt'a un tratto fosse diventato complice dell'Uomo Senza Volto. Quando ha accettato di consegnarmi tutte le sue armi e mi ha rivelato l'esistenza del piano per assassinarti, ho capito che dovevo permettergli di raggiungerti.

L'ho fatto entrare di nascosto nella Sala del Trono e poi sono tornato nella Sala dello svago, in attesa del segnale che Parsell aveva prestabilito. Credevo di aver impiegato solo pochi minuti, ma devo aver calcolato male i tempi: ho atteso invano il segnale, e solo dopo mi sono accorto dalla concitazione che evidentemente Parsell era già rientrato a Palazzo. Mi sono precipitato nella Sala del Trono, ma non sono riuscito ad arrivare in tempo... -

La voce di Jordan sfumò lentamente in un silenzio carico di dolore e di sensi di colpa. Faidon lo abbracciò senza dire nulla.

- Quindi - si inserì Doyner, - tu sospettavi già di Parsell? -

Jordan annuì, sciogliendosi dall'abbraccio del fratello.

- Su Aghor l'ho visto alzarsi in piena notte e prendere un'astronave in gran segreto. Strano per uno che era appena scampato ad un attentato, e il cui compito per di più consisteva nel proteggere l'Imperatore... È stato allora che ho capito che doveva essere lui il contatto dell'Uomo Senza Volto. Io penso che sia andato da Frosten per attirarlo in trappola, magari spacciandosi per un soldato ubriaco, così come credo abbia fatto anche mesi fa, per indurre Frosten a lasciare i domiciliari.

Perciò, quando l'ho visto affacciarsi alla finestra della Sala dello svago, ho capito che doveva avere qualcosa in mente. E che io dovevo fermarlo -.

- E ci sei riuscito - disse Faidon dandogli una pacca sulla spalla, - e mi hai salvato la vita… di nuovo… Grazie, fratellino -.

Jordan sorrise commosso, senza replicare.

- Credo… - riprese poi Faidon, - credo anche di… di doverti delle scuse… -

L'Imperatore abbassò gli occhi ed inspirò a fondo.

- Mi dispiace di aver dubitato di te… - concluse.

Jordan scosse la testa e si morse lievemente il labbro inferiore, come a dire che per lui non c'era alcun problema, che lui aveva già dimenticato. Faidon lo abbracciò di nuovo, e Doyner non poté fare a meno di applaudire.

- Buffone… - gli disse l'Imperatore.

In quel momento, fuori dalla Sala del Trono si udì un rumore di passi affrettati, tensione e concitazione. Poi sulla soglia della stanza apparve Mailynn, ansante e con un'espressione di pura angoscia sul viso.

L'Imperatrice cercò di calmare i suoi nervi scossi iniziando ad avanzare molto lentamente verso Faidon. Dopo pochi passi, però, le emozioni ebbero la meglio, e Mailynn iniziò a correre verso suo marito piangendo lacrime di felicità e di sollievo.

- Faidon! - esclamò gettandosi fra le sue braccia e sommergendolo di baci.

- È tutto finito, amore mio… è tutto finito… -

- Oh Faidon! Ho avuto così tanta paura di perderti! -

- È tutto finito, amore mio... non preoccuparti, è tutto finito... -

Mailynn deglutì, e Faidon le stampò un bacio su una guancia per asciugarle una lacrima. Finalmente, sul viso dell'Imperatrice riaffiorò un tenue sorriso.

- Meglio di così non poteva proprio andare! - esclamò d'un tratto Doyner. - Siamo anche riusciti a liberarci finalmente di Parsell! -

- Beh... - fece l'Imperatore, - in effetti, per un attimo io avevo sperato che il colpevole fosse Sackville ma... -

- Faidon! - esclamò Mailynn.

L'Imperatore sorrise divertito.

- Scherzavo, amore mio... scherzavo... -

E pose le sue labbra su quelle dell'Imperatrice, che si abbandonò fremente a quel bacio che sorgeva direttamente dalle profondità della loro anima.

In quel momento, un soldato entrò nella stanza e, dopo qualche istante di esitazione, si avvicinò a Doyner e gli sussurrò poche parole ad un orecchio. Il Capo dell'ASSE annuì, lo ringraziò e poi lo congedò. Faidon gli rivolse uno sguardo interrogativo.

- I cieli di Astragon si sono illuminati! - annunciò Doyner raggiante. - E, a quanto pare, tra poco la vostra luce sarà qui! -

Mailynn lo fissò come si guarda un pazzo. Il viso di Faidon, invece, si illuminò di gioia.

- Vieni - disse all'Imperatrice prendendola per mano. - Andiamo all'astroporto... Lorin ci sta aspettando! -

Per un attimo, Mailynn non riuscì a credere alle proprie orecchie. Ma quando poi le frenetiche palpitazioni del suo cuore diedero voce alla sua più grande speranza, l'Imperatrice non poté fare a meno di alzare gli occhi al cielo, portarsi le mani alle labbra e bisbigliare un tacito ringraziamento al vento, chiedendogli di sussurrarlo a chi, ascoltandone la voce flebile e sommessa, avrebbe accolto la sua preghiera, e l'avrebbe serbata per sempre dentro al suo cuore.

XXIX.

Timo rimase appoggiato alla scaletta della sua astronave mentre Lorin correva incontro all'abbraccio dei suoi genitori, ebbro di felicità mentre gridava i nomi più cari. Mailynn lo strinse forte a sé senza riuscire a trattenere le lacrime, mentre Faidon gli sorrise, gli batté una mano sulla spalla e gli disse:

- Ciao, campione... mi sei mancato... -

- Anche tu, papà... - rispose Lorin abbracciandolo.

Mailynn gli passò una mano fra i capelli biondi e gli chiese di raccontarle tutto quello che era accaduto durante quei mesi su Uniland. Mentre il ragazzino iniziava a parlare dei suoi nuovi amici, l'Imperatore scambiò un cenno d'intesa con Timo, che lasciò l'astronave agli addetti alla manutenzione e si avvicinò a Faidon, che gli diede una sonora pacca sulle spalle, complimentandosi e ringraziandolo per aver vegliato su suo figlio.

- Dovere, Altezza... - si schermì il pilota.

Poi Faidon lo invitò a salire a bordo della sua navicella per tornare alla Reggia.

- Non dovrei guidare io? - scherzò Timo.

- Penso che tu ti sia guadagnato un po' di riposo... - replicò Faidon con un gran sorriso.

Ad attenderli di fronte al Palazzo Imperiale c'erano Jordan e Doyner, che non mancò di chiedere notizie di Kyril, con cui era certo che Lorin avrebbe subito fraternizzato, dal momento che i due ragazzi possedevano la stessa giovanile esuberanza.

Poi, dopo che ebbe terminato il suo lungo racconto, il viso di Lorin si fece improvvisamente più serio, e il tono della sua voce più grave mentre si rivolgeva all'Imperatore:

- Padre... io... -

Non riuscì a terminare la frase, ma Mailynn intuì subito, in cuor suo, ciò che suo figlio si accingeva a chiedere.

Lorin volse per un attimo lo sguardo verso Timo, che annuì come a incoraggiarlo. Il ragazzino sospirò, poi tornò a fissare Faidon e concluse:

- Io vorrei rimanere su Uniland -.

Mailynn ebbe un tuffo al cuore, chiuse gli occhi e si morse il labbro inferiore, mentre sul viso di Faidon comparve un'espressione di sorpresa. L'Imperatore lanciò una rapida occhiata a sua moglie, il cui tremulo sguardo pareva implorare una tacita supplica, che colpì il cuore di Faidon con la potenza di cento spade. L'Imperatore scosse la testa.

- Lorin… - disse, - ascoltami… io lo so che hai trovato degli amici lì… so che sei stato bene ma… devi capire che… ora che tutti sanno chi sei… non potresti più essere al sicuro lì… -

- Ma, padre! -

- Lorin… ti prego… -

Il viso del ragazzino era rosso di collera e di delusione, i suoi occhi gonfi di dolore. Faidon guardò di nuovo Mailynn che continuava a scuotere vigorosamente il capo, e sospirò. Volse lo sguardo prima verso Doyner e poi verso Jordan cercando un qualche disperato aiuto, ma il Capo dell'ASSE abbassò gli occhi, mentre il Principe si limitò ad indicargli con un cenno del capo Timo. L'Imperatore fissò il pilota, che se ne stava appoggiato allo stipite della porta, a braccia conserte, in silenzio. In quel momento, Faidon realizzò improvvisamente che, se c'era qualcuno in grado di valutare in maniera obiettiva e consapevole i rischi della scelta di suo figlio, quello era proprio Timo, l'unico fra tutti i presenti che aveva condiviso in prima persona con Lorin l'esperienza di Uniland. L'Imperatore guardò di nuovo Jordan, che annuì, poi Lorin, che distolse lo sguardo, e infine si rivolse al pilota:

- Tu che ne pensi? -

- Io penso che dovreste acconsentire alla richiesta di vostro figlio, Altezza -.

Mailynn ebbe un nuovo tuffo al cuore, ma Faidon continuò ad interrogare Timo:

- Sei consapevole dei rischi? Ora che la sua identità è stata svelata… -

- È proprio per questo che non avrebbe senso continuare a nasconderlo, Altezza: ora tutti conoscono il suo volto, su Uniland come su Astragon. La differenza è che lì il Principe ha degli amici, mentre qui, spesso, non ha neppure la sua famiglia... -

Faidon soppesò per qualche istante le parole del pilota, riflettendo su quanto spesso avesse visto Lorin infelice nella prigione dorata dove aveva dovuto trascorrere l'infanzia, e quanto spesso invece l'aveva visto allegro e gioioso nelle immagini che Timo gli inviava dal "Pianeta della Scuola". Sbuffò. Deglutì. Sospirò. Poi si voltò verso Lorin incrociando il suo sguardo, e la determinazione che lesse negli occhi di suo figlio gli fece capire che sarebbe stato inutile provare a trattenerlo, come un canarino che, cullato per la prima volta dal vento dopo aver trascorso l'intera vita in una gabbia, non potrebbe mai più rinunciare alla libertà.

- Sei proprio sicuro? - gli domandò Faidon.

E, in quel momento, Mailynn capì che aveva perso la sua battaglia.

- Sì, padre - replicò il ragazzino. - Non potrei essere più sicuro -.

Faidon annuì, e tirò di nuovo un lungo sospiro.

- Va bene, allora: potrai tornare su Uniland -.

Il viso di Lorin si illuminò di una gioia incontenibile mentre si voltava, raggiante, verso Timo che annuiva sorridendo.

- Ma manterrai la tua scorta - precisò Faidon, - e non partirai subito, ma tra qualche giorno, prima del termine dell'anno scolastico, e stavolta alla luce dei soli. Ora, però, credo che abbiamo tutti bisogno di distogliere la mente dai recenti avvenimenti e, soprattutto, di trascorrere un po' di tempo insieme... -

L'Imperatore si voltò verso Mailynn, che cercava invano di nascondere la delusione e la preoccupazione dietro una maschera d'impassibilità.

- Come una vera famiglia - concluse Faidon, riuscendo finalmente a strappare un lieve sorriso all'Imperatrice.

E mantenne l'impegno. Per una settimana, l'Imperatore rinunciò a tutti i propri incarichi per potersi dedicare interamente a sua moglie e a suo figlio, lasciando che fossero Jordan e Doyner ad occuparsi degli affari di Astragon. Il Capo dell'ASSE, in particolare, seguì da vicino l'evoluzione del processo che era stato intentato contro Parsell appena due giorni dopo il suo arresto, e nel quale l'ormai ex Comandante delle Guardie ammise tutte le proprie colpe, comprese quelle relative agli omicidi per i quali era stato ingiustamente condannato Frosten e dei quali Jordan lo aveva sospettato fin dal principio, essendo iniziata allora la scalata che avrebbe portato Parsell ai vertici delle istituzioni militari. L'ex Comandante negò invece ogni responsabilità per quanto riguardava la morte del padre di Faidon, l'Imperatore Keimon IV, né fu in grado, come già era accaduto per Tares Ybil, di rivelare l'identità dell'Uomo Senza Volto.

Nessuna di queste notizie poté però turbare l'idillio che Faidon e i suoi familiari stavano vivendo: quei sette giorni furono senza dubbio i più belli che Lorin ricordava di aver trascorso su Astragon, sicuramente i più ricchi di affetto. Gite, sport, escursioni... tutto ciò che poteva schiudere il sorriso di un ragazzo della sua età. Ma, soprattutto, la compagnia dei suoi genitori, che per tutta la settimana si dedicarono totalmente ed esclusivamente a lui.

Mailynn sperava che il tempo passato insieme avrebbe fatto cambiare idea a suo figlio circa la decisione di tornare su Uniland: ma Lorin sapeva bene che si trattava di una situazione temporanea, che presto il dovere sarebbe tornato a bussare alla porta dei suoi genitori, e che assieme al dovere sarebbero ritornati la solitudine e la tristezza.

Per questo motivo, anche se con la morte nel cuore, Lorin scelse comunque di ripartire. Fu un lungo abbraccio quello che scambiò con Mailynn, che gli stampò un intenso bacio sulla guancia e poi gli disse:

- Sei un ragazzo intelligente e coraggioso. Sono fiera di te, angelo mio -.

Nonostante il dolore per il distacco, per un attimo gli occhi di Lorin brillarono di gioia. Poi il ragazzino andò ad abbracciare Faidon, che si raccomandò soltanto di tenere gli occhi aperti.

- Lo farò - rispose Lorin.

Ma, subito dopo, sul suo viso comparve un'ombra di malinconia che non sfuggì all'Imperatore.

- Che cosa c'è? - domandò.

Lorin scosse la testa.

- Non vuoi parlarmene? - chiese ancora Faidon.

- È solo che... -

Il ragazzino sospirò, e poi volse lo sguardo all'orizzonte, dove il terzo sole di Astragon stava appena sorgendo.

- A volte… -, riprese, - penso che sarei voluto nascere in un'altra epoca… in un'era di pace… così non sarei stato costretto a… vivere in questo modo… -

Faidon rimase molto colpito dal ragionamento del figlio. Lo abbracciò forte, e poi gli sussurrò ad un orecchio:

- Non sempre i fiori nascono in primavera, ragazzo mio… ma quelli che nascono in inverno… sono i più belli di tutti… -

Lorin sorrise, e l'Imperatore annuì. Poi il ragazzino iniziò ad incamminarsi sulla scaletta dell'astronave di Timo, che gli disse solamente:

- Pronto a ricominciare? -

Lorin annuì sorridendo.

- Prontissimo! -

Il pilota accese i motori dell'astronave mentre Faidon indietreggiava verso i bordi della pista, verso Mailynn, che appoggiò teneramente il capo sulla spalla del marito, lasciando che l'Imperatore le cingesse la vita e la stringesse dolcemente a sé. Rimasero immobili a guardare un'ultima volta Lorin che li salutava affacciato ad un oblò, mentre già l'astronave si staccava dal suolo, librandosi nel cielo limpido e terso di Astragon.

XXX.

Per quanto fosse incredibile anche solo da pensare, Tares Ybil non sapeva dire se il fallimento del piano del Maestro lo costernasse, lo lasciasse indifferente o lo rendesse addirittura felice.

Da qualche tempo, infatti, il *Signore della luna oscura* aveva iniziato a riflettere sul ruolo marginale che l'Uomo Senza Volto gli aveva riservato, e continuava a chiedersi come mai il Maestro, che pure non gli aveva mai mostrato stima, quando addirittura non gli aveva manifestato disprezzo, avesse voluto a tutti i costi mantenere viva la loro alleanza. Qual era veramente il suo progetto?

Comunque fosse, per il momento la principale preoccupazione di Tares Ybil consisteva nel sopportare l'imminente e inevitabile sfuriata dell'Uomo Senza Volto, la cui immagine si stava già materializzando all'interno della colonna olografica.

- Maestro... - esordì in tono piatto Tares Ybil.

L'Uomo Senza Volto non replicò, cosa che irritò una volta di più il *Signore della luna oscura*, che vanamente cercò di ritorcere l'arma del silenzio contro il suo alleato: dopo pochi istanti, si sentiva già così esasperato che, per spezzare quella sorta di incantesimo maligno che gli gravava sull'anima, disse la prima cosa che gli passò per la mente.

- Cos'è successo esattamente? -

- Un... incidente di percorso - rispose secco l'Uomo Senza Volto, senza riuscire a celare il proprio disappunto.

- Dovuto a cosa? - insistette sornione Tares Ybil, lieto di poter essere lui, una volta tanto, a suscitare nel suo alleato le stesse sgradevoli sensazioni che era costretto a subire ogni volta.

- Non importa a cosa è stato dovuto! - tuonò il Maestro, senza tuttavia impressionare il *Signore della luna oscura*. - Il passato è passato. Ma il futuro... saremo *noi* a costruirlo! -

Tares Ybil fissò perplesso il suo alleato.

- Il mio esercito non sarà pronto che tra vari mesi - disse, - forse tra più di un anno -.

L'Uomo Senza Volto chinò lievemente il capo in cenno di assenso.

- Allora attenderemo - replicò, - attenderemo che le condizioni tornino ad essere favorevoli! L'ina ha espresso il desiderio tornare su Uniland: la sua ingenuità gioca a nostro vantaggio! Non sarà difficile infiltrare lì un nostro uomo, qualcuno che possa controllare, controllare e riferire e, se necessario, agire! -

Sul viso di Tares Ybil comparve improvvisamente un ghigno luciferino.

- Avete già un nome, Maestro? - domandò.

L'Uomo Senza Volto scoppiò in una fragorosa risata.

- Certo che ce l'ho, amico mio! - esclamò. - Certo che ce l'ho! -

E la sua risata malefica sembrò diffondersi fin nelle aree più tetre e remote di Vainomed, portando con sé un vento carico di angoscia e disperazione, un coro infernale cui il *Signore della luna oscura* si unì con un bieco sorriso, preludio ad una melodia di dolore, un inno di pianto e di morte.

- Laì hàss sernèl! - esclamò poi il Maestro.

- Laì hàss sernèl! - esclamò Tares Ybil in risposta.

E l'oscurità della notte di luna nuova sembrava il riflesso della sua anima nera di tenebra.

CONCLUSIONE

C'era una strana atmosfera, quel giorno, su Uniland, dove l'eco dei recenti avvenimenti era ancora fin troppo viva nelle menti dei ragazzi assiepati nella Den Halle dell'Hurn-Lith per il discorso di fine anno del Preside Giffed.

Nel confuso mormorio che aleggiava per l'intero ambiente si mescolavano tutte le sensazioni che i giovani fino a quel momento non avevano osato confessare neppure a se stessi: per la maggior parte i ragazzi erano ancora scossi ed increduli, e solo un'esigua minoranza - tra cui Henryk e le sue due compagne - ostentava invece un'irritante indifferenza. I più sconfortati, ovviamente, erano coloro che avevano avuto Rigel accanto a sé fin dall'inizio dell'anno, come Stella e Urania, ma soprattutto Kyril, Dwight e Hyles, che dal giorno della fuga di Lorin sembravano aver perso perfino la voglia di ridere, e di scherzare.

Il vocio cessò d'incanto non appena il Preside Giffed, vestito con un elegante gessato incorniciato da una cravatta rossa, salì sul podio degli oratori e diede due colpetti al microfono, accingendosi a prendere la parola. Il suo viso, già segnato dall'età, era velato da un'ombra di malinconia che faceva risaltare ancora di più la fragilità e la dolcezza dei suoi lineamenti.

- Un altro anno è passato - cominciò, una nota di stanchezza nella voce, - un anno ricco di emozioni, denso di avvenimenti... alcuni lieti ed altri - ahimè - assai mesti, in particolare nei giorni a noi più vicini... Tutti noi sappiamo cos'è accaduto sul nostro pianeta, e tutti noi ne siamo stati, in qualche modo, segnati -.

Hyles abbassò lo sguardo, gli occhi coperti da un velo di lacrime. Alla sua destra, Stella gli accarezzò dolcemente la mano e gli rivolse un sorriso tenero e soave, che almeno per un attimo riuscì a lenire nel ragazzo il dolore e la nostalgia per il distacco dall'amico perduto.

- Oggi - riprese l'anziano Professore, - qualcuno, un ragazzo che nel corso di quest'anno abbiamo imparato a conoscere, ed apprezzare, non è purtroppo più qui con noi, e tutti ci sentiamo un po' più soli: noi insegnanti, che nel Principe Lorin avevamo trovato un allievo diligente e intelligente. E voi ragazzi, che avete perso un amico fidato e leale -.

Dwight scosse impercettibilmente il capo, e quasi senza accorgersene iniziò ad osservare con la coda dell'occhio Kyril, impassibile e imperturbabile come sempre. Se non lo avesse conosciuto così bene, avrebbe forse potuto pensare che la partenza di Lorin lo avesse lasciato indifferente: in realtà, sapeva bene che probabilmente era proprio "Doppia K" la persona che più sentiva la mancanza dell'amico. Dwight sospirò, pensando che avrebbe voluto avere la forza d'animo del figlio di Doyner.

- Non vi tacerò quanto è accaduto - disse ancora il Preside Giffed. - I nemici dell'Impero sono atterrati sul nostro pianeta, con l'intento di colpire la persona del Principe Ereditario… ed egli, vedendo a rischio la propria incolumità, non ha potuto far altro che prendere la decisione più sofferta …

Vedete, ragazzi miei, purtroppo a volte la vita ci impone delle scelte difficili, ci pone dinanzi a un bivio… altre volte, invece, ci conduce lungo una strada senza uscita… -

In quel momento, le porte della Den Halle si aprirono di scatto ed apparve, sudato e trafelato, il beja Fabel che, come una saetta, corse verso il podio, sussurrò qualcosa all'orecchio del Preside, poi saltò giù dal palco e se ne andò fulmineo come era venuto, lasciando di stucco tutti i presenti.

Gli Intoccabili si scambiarono un'occhiata interrogativa, ma poi scrollarono le spalle, cessando subito di chiedersi cosa fosse accaduto. Qualunque cosa fosse, non era importante. Non per loro.

Tornarono ad osservare il Preside Giffed in attesa che riprendesse il suo discorso, e fu allora che lo notarono: i tratti prima tesi dell'anziano insegnante si erano rilassati, inteneriti, i suoi occhi sembravano brillare come perle al sole, e sul suo viso si era affacciato un sorriso che si sarebbe detto di gioia profonda. Il Preside si riaccostò al microfono, in modo da poter concludere il discorso:

- Ma ricordate sempre, ragazzi miei, che perfino nei momenti più tenebrosi c'è una luce che non cesserà mai di brillare, come una piccola stella in una notte senza luna: è la luce della speranza... che dobbiamo sempre sforzarci di mantenere accesa, perché potranno toglierci tutto, ma non potranno mai toglierci i nostri sogni... e a volte, ragazzi miei... i sogni... possono diventare realtà... -

In quel momento, le porte della Den Halle si aprirono di nuovo e riapparve, appena vagamente più calmo, il beja Fabel, che si fece porgere un microfono e poi annunciò, visibilmente emozionato:

- Signore e signori! È un onore per me... potervi presentare... Lorin Rayos dei Garidi, Principe Ereditario di Astragon! -

Gli Intoccabili rimasero a bocca aperta, gli occhi che tremavano per lo stupore e la meraviglia.

Un raggio di sole improvviso filtrò attraverso i finestroni a illuminare l'arrivo del Delfino di Astragon, che fece il suo ingresso in mezzo a una selva di applausi scroscianti, camminando nella luce come una divinità. Lorin salì sul palco, strinse la mano al Preside Giffed, lo ringraziò di cuore e poi prese la parola:

- Sono tornato - disse con la voce incrinata dall'emozione, - e sono qui per rimanere! -

A quel punto, Kyril, Dwight e Hyles abbandonarono ogni ritegno e, in barba all'etichetta, saltarono sul palco per andare ad abbracciare l'amico che temevano di aver perso per sempre.

Poi corsero fuori, all'aperto, fra le lievi carezze del vento, nella festosa esultanza della natura, nella gioiosa melodia che si spandeva per l'aria luminosa. Lorin si chinò ad accarezzare un filo d'erba, baciato dall'oro del cielo, cercando di trattenere una lacrima. Pensò che quello era uno dei momenti più felici di tutta la sua vita. Kyril gli posò una mano sulla spalla destra, Hyles sulla sinistra, e Dwight avvolse tutti in un caloroso abbraccio. E rimasero lì, sulle sponde del fiume Tiber, ad urlare tutta la loro gioia, e a tutti parve, quel giorno, che il sole splendesse un po' più forte.

GLOSSARIO

0G-gam: letteralmente, gioco a G 0.

Annone: vigile.

Astron (plurale, Astra): esame.

Beja: custode.

Cal (plurale, Calli): nei guai, fritto.

Creamy: bar/gelateria.

Den (femminile, Dena): grande, grosso.

Den Halle: Aula Magna.

Eremia: cartina.

Fass-bida: seggiolino levitante.

Fass-verter: poltrona levitante.

Fasser-kida: torcia levitatrice.

Funo: funerale.

Gaden: bijou.

Gana: pistola.

Hurn-Lith: Città delle Medie (letteralmente, Città di Mezzo).

Ina: moccioso.

Inn-Lith: Città dell'Infanzia.

Jandert: gelosia.

Jando: geloso (è usato anche come sostantivo).

Jarsa (plurale, Jarsa): bidello.

Kar-sata: letteralmente palla-razzo.

Kurush (plurale, Kurushi): dispregiativo per "nobile".

Ledda: piccolo torneo.

Mas (plurale, Masi): insegnante.

Mastero: uccello rapace, simile a un barbagianni.

Meda: furfante.

Nukta: meccanico.

Nut: tipo di legno, di colore bruno-giallo, simile al tek.

Oll-dira: chiamata olografica.

Olcek: verme.

Patena: prerogativa.

Phila: bamboccio.

Qarren: ciambellano.

Ran: sport.

Ran-Lithia: Cittadella dello Sport.

Salta: botta.

Sawa: tipo di pesce, simile al barracuda.

Soma (plurale, Soma): studente.

Tallo: superiore.

Tarten Halle: Sala dello Svago.

Terash: insulto di lieve entità. Idiota.

Tereba: diavolo.

Thera: tipo di legno, di colore rossastro, simile al mogano.

Tida: meta.

Trekka: esploratore.

Uwin (plurale, Uwina): collana.

Viri-tadesh: fine settimana.

Washa: souvenir.

Xod-letta: scudi laser.

Yash (plurale, Yashi): progressista.

Zathra: officina.

[1] "Coloro che sminuiscono con le parole ciò che non possono fare…"

Fedro (da Esopo), *La volpe e l'uva*.

INDICE

Mirko Ciminiello (1985) è nato a Rimini e vive a Roma, dove si è diplomato al liceo classico Massimiliano Massimo, laureato in Chimica e specializzato in Chimica Organica all'Università "La Sapienza".
È l'autore del romanzo storico "Il Falconiere" e della saga di fantascienza "Astragon".

Made in the USA
Lexington, KY
08 June 2013